喜鹊的计谋

〔日〕才羽乐 著

周庠宇 译

台海出版社

U0723693

现代日本，以"文库"命名刊行的丛书系列有 200 种以上，所谓"文库本"只不过是统称而已。日本传统的"文库本"常用的是 A6 尺寸的 148mm×105mm，也叫"A6 判"。千本樱文库的所有书籍将在"文库本"的基础上提升，达到 148mm×210mm 的开本标准。追求还原的前提下，力图带给读者更清晰的阅读体验。

2002 年，日本宝岛社设立了公募文学新人奖"这本推理小说了不起大奖"，用来挖掘新鲜血液。该奖项除了会选出常见的"大奖"与"优秀奖"，还会选出一部"隐玉奖"。作为一个独有奖项，"隐玉奖"取自"沧海遗珠"之意，用来挖掘没能获奖的优秀作品，或者是综合考虑不够出色，但是某一方面极为特殊的个性作品。有时，"隐玉奖"甚至比"大奖"更受瞩目和期待。甚至有些读者将"隐玉奖"视为宝岛社的"梅菲斯特奖"。

荣获第十四届"这本推理小说了不起"隐玉奖的便是《喜鹊的计谋》，推理新秀才羽乐也以此出道。本作饱含暖意的惊天反转、强烈思念的功与过，都令人读后久久不能忘怀。虽未并评选为大奖，却被奖项审查委员盛赞是"比大奖作品更想推荐的书"。希望各位读者也能够体会本作那独特的、超越"计谋"的奇迹。

千本樱文库编辑部

千本樱文库

本格

《巫女馆的密室》
《圣女的毒杯》
《哲学家的密室》
《衣更月一族》

《美浓牛》
《少年检阅官》
《宛如碧风吹过》

日常

《推理要在早餐时》
《会错意的冬日》
《喜鹊的计谋》

《午夜零点的灰姑娘》
《谷中复古相机店的日常之谜》

科幻

《电子脑叶》
《复写》
《蒸汽歌剧》

《巴比伦》
《里世界郊游》

悬疑

《千年图书馆》
《鲁邦的女儿》
《狂乱连锁》
《神的标价》

《恶意的兔子》
《癌症消失的陷阱》
《沉默的声音》
《死之泉》

轻文芸

《戏言系列》
《忘却侦探系列》
《弹丸论破雾切》
《这个不可以报销》

《天久鹰央的事件病历表》
《吹响吧，上低音号！》
《宝石商人理查德的谜鉴定》

喜鹊的计谋

目录

カ サ サ ギ の 計 略

一　　　　　　　　　　　　　　カササギの計略

　　和平时一样。

　　和平时一样在大学上完必修课，和平时一样打工打到晚上十点，和平时一样骑自行车回家。穿过不见一个人影的宁静住宅街，站着骑车，登上缓坡。白天残存的沉淀在整个街道的热气。绕在街灯周围，如跳舞一般嬉戏的飞蛾。每踩一次踏板，生锈的链条都会传来的愚蠢声响。全都和平时一样。

　　公寓的自行车停车场里，自行车被杂乱地放着。这也是和平时一样的光景。把自行车滑进空位，放下脚撑时，又听到了像是铁断了似的那个冰冷的声音。

　　用鞋底拨了一下脚撑上的铁片，尽量不发出大的响声，慢慢地登上了二层公寓小楼的楼梯。

　　爬完楼梯，站在开放式走廊的一瞬间，最靠里的那个房间门前的景象，立刻飞进了自己视线。没错，那是我自己的房间。

——和平时不一样。

点亮开放式走廊的微弱灯光，隐隐约约浮现在眼前的光景，和平时不一样。

房门前好像有人。

有"人"蹲在昏暗的走廊。一瞬间，我以为它是这个世界上不存在的那种东西，不禁叫出了声。眯着眼看它的轮廓，才看出是一位长发女孩。虽说是这个世界存在的事物，但我内心的恐惧仍未消失。

是谁？别吓我啊。我的腋下已经湿透了。大脑飞速运转，可还是想不出来有哪个女孩会坐到我的房门前。

"她是谁"这三个字徘徊在我的脑袋里。

我努力让混乱的大脑冷静下来，战战兢兢地走近那个女孩。

在黑暗之中，她的轮廓渐渐变得清晰。

她穿着白衬衫和黑裤子。鞋子和裤子的颜色一样，是一双浅口鞋。

我感觉到心跳越来越快了，拼命地想让自己冷静下来。

注意到我之后，女孩缓缓起身，面朝着我。

果然是个不认识的女孩。

她身材高挑，也许是穿了黑裤子的缘故吧，从腰到脚都非常细，身材线条很好。只见女孩一步一步地朝我走来。

因为困惑和紧张，我的嘴里干得简直快要冒烟。使劲地挤出唾沫，湿润了口腔。当我正想对她打招呼的时候，对方先开口了。

"冈部君。"

我条件反射般地答了"是"。

她的脸上露出了微笑。

"你是谁？"我故作镇定地问。

"米、歇、尔。"

她断断续续地嘟哝道，就像是在对暗号一样。

"米歇尔？"日本人的长相，名字却是外国人。我感到更加恐惧了，又问了一遍："你是谁？"

女孩的瞳孔，汇聚着微弱的灯光，直勾勾地盯着我。我的身体的行动能力，已被她的瞳孔夺去。时间仿佛停止了。

接下来的一瞬间，我的视线开始剧烈摇晃。

到底发生了什么？我无法理解。

身子没了力气，腰部发软，一屁股瘫坐在了地上。

走廊里，传来"咚"的一声巨响。

左脸颊一阵火热。用了数秒，不，十秒以上才理解发生了什么状况。

我使劲拍打自己的脸颊。

她的脸浮现在黑暗中，不知道为什么带着几分冷淡。

视线定在了她的身上。说不出话来。

"快点，开门呀。"

她用手指着我的房门，毫不客气地说道。

本应该稍微湿润了一些，但我的嘴里还是很干。很遗憾，不管再怎么努力，还是挤不出唾沫。

这个女孩，到底想干什么？她是谁？她为什么要扇我耳光？为什么要让我把门打开？我完全想不明白。突然扇别人耳光的女性，实在是太可怕了。要是让她就这样进到自己的房间，说不定还会发生什么更吓人的事情。我可能会面临更大的危险吧。绝对不能让她进入房间。我在混乱的大脑里反复默念。

她又说了一次"快点"。

*

房间的空气在缓缓地浮动。我这样想，是因为从身旁飘过的女性香水的味道，刺激了我的嗅觉。当然，我知道那个香味来自坐在矮桌对面的刚刚给了我一记耳光作为"见面礼"的，那个我还不知道名字的女孩。

浓密笔直的茶色长发，发梢向胸口微微弯曲，画出两道柔美的曲线。"透亮的肌肤"，这种最常见的形容反而是对她最贴切的描述。如果肤色稍微再浅一些的话，就可以和背后的淡黄色壁纸融为一体了。看起来像是十多岁，不到二十岁的样子。刚才在黑暗中没有注意到，她的瞳孔既不是黑色也不是茶色，而是和头发颜色相近的鲜艳的茶色，像白兰地酒一样的颜色。高挺的鼻子像高跟鞋的后跟似的，睫毛好比长颈鹿的那样长。

非常美丽的女孩。仔细一看，她既不像是外国人，也不像是混血儿。在这样观察她的同时，我又一次确认了自己以前没见过她。

"你在干吗？"她伸出雪白细长的食指，指着我问道。

"我在冰敷啊。"

看见我正在用从冰箱里拿出来的被毛巾包好的保冷剂敷脸，她微微一笑。

"你平时喝酒吗？"

鉴于她之前的危险举动，我尽量选择了不失礼节的措辞。

她皱了一下眉，露出了不愉快的表情。

"不喝。喝了可能就会醉吧……嗯。一口都不喝。"

"这样啊，不好意思。"我无意识地向她道了歉。

陷入了沉默。她双臂抱膝，慢慢地前后摆动身体，来回打量着我这个加上厨房一共也就才十叠[1]大的小房子。

"那个，你为什么会知道我的名字？"

话音刚落，她把视线移回了我，双手向上拢着头发。

"你真的不记得了吗？"

我，不是，那个，嗯……我已经语无伦次了。

"看来你是不记得了啊？"

听到她的声音，我不禁觉得后脊背一阵发凉，简直就像是一只干了坏事而被主人责难的家犬。

"不记得了……"

"哼。"她的表情，似乎在说"真没劲"。遗憾的是，她好像并不打算告诉我她是怎样知道我的名字的。

"我们以前在哪里见过吗？"我还是没放弃，打算追问到底。

1　（计算榻榻米的量词）张、块。一叠相当于1.62平方米。

她的眉心再次起了皱纹。

"你倒是快点想起来呀。"她说道。紧接着，又说"肯定能想起来的"。

没办法，提问只好中断。我又一次望向她的脸。美丽的脸庞。只是，不管看多少次，都觉得是之前从来没看到过的脸。在没有线索的情况下，追问她的身份看来是不太可能了。就像是问刚刚抵达案发现场的刑警"犯人是谁"一样，在对着佛像双手合十之后，刑警肯定会一脸茫然地答"还不知道呢"。

就像是刑警从被害者留下的死前留言里找出犯人一样，我也希望能够获得线索。"给我线索。"我在心中这样盼望着。

她像是看穿了我的心思一样，开口说道：

"好吧，我给你点提示好了。关于我和你的关系。"

面对她出乎意料的回答，我咽了一口唾沫。

"请务必给我提示。拜托你了。"

她双肘撑上矮桌，身子向前倾。茶色的瞳孔锁定了我。

"你知道七夕传说吗？"

我对她出人意料的提问感到困惑，不知道该怎么回答。

房间里又是一片沉默。换气扇的响声，听起来像是在捉弄人一样，让人觉得内心烦躁。这个女孩到底在说什么？

"七、夕。"她认真地逐字念道。

"是七月七的那个节日吗？织女星和牛郎星？"

想起来了。织布的公主和养牛的男子，每年只能见一次面的那个故事。

"对，就是那个住在银河西边的名叫织女的仙女，和住在银河东边的名叫牛郎的养牛郎的故事。"

"我知道的。一度坠入爱河的两个人，由于后来的生活太过懒散，最终被迫分开。[2]"

她摇动着光泽的长发，点头说道：

"是的。诚实勤劳的织女在父亲的劝说下，决定和养牛郎成婚。但是，由于看不惯夫妇二人的怠惰生活，织女的父亲就把他们分隔在了银河的两端。如果努力劳作的话，二人每年就会被允许见一次面。见面的那天，就是七夕。"

说着，她突然站了起来，径直地朝着放在厨房的冰箱走去。打开冰箱门，在里面物色了一阵，取出了纸盒装的橙汁。

"喂，没经过我的同意，你在干什么？"我责备了她的奔放行为。

但是，她把我说的话当成了耳旁风，只是目不转睛地盯着手里的纸盒。大概是在确认保质期吧？在放餐具的架子上拿了马克杯之后，

---

2 在日本流传的"牛郎织女"的故事中，牛郎和织女都住在天上。织女是天神的女儿，牛郎则是一位在银河岸边养牛的青年。二人都没有下入凡间。牛郎与仙女织女一见钟情，迅速坠入爱河。但是好景不长，二人婚后只顾游玩，怠慢了劳作。牛郎养的牛生病了，他不管不问，织女也怠于织布。因为没有新衣服穿了，大家于是纷纷向天神诉苦抱怨。得知此事之后，天神一气之下将他们二人分隔在了银河的两端，但是又心疼织女，所以承诺只要努力劳作，就允许他们每年相会一次。后来，织女勤劳织布，牛郎细心养牛，每年的七月七，织女就可以穿过银河去到牛郎那里。

她又回到了朝向我的那一侧。只见她给杯子倒上橙汁，开始喝了起来。

"你……"我怯生生地指责道。

"啊？怎么啦？"她歪着脑袋。我只好回答"没什么"。我可真是个窝囊废。

叹了一口气。

"对了，那个七夕传说有什么问题吗？"

"比如说——"

她把马克杯放到了矮桌上，凝视着我的脸。

她的表情，感觉像是在想着什么。换气扇嗡嗡地转着。

一阵沉默之后，她开口说道：

"如果织女或者牛郎忘了一年一次见面的约定的话，会怎么样呢？"

"怎么会呢？"我笑着说，"这么重要的约定，不可能会忘了的吧？"

不过，看到她一脸认真的样子，我马上收起了笑容。

反复推敲她的话，仔细思考当时的状况。我打算糊弄过去，站了起来，走到厨房那里关上了换气扇。之后又回到了之前的位置。

"但是，如果真的发生了，被遗忘的人一定会生气的吧？"

"嗯。然后呢？"

她看起来对我的回答不满意。我试着想象与自己约定一年见一次面的人没来的场景。

"自己去找他？"我试探性地说道。

"是吧！"应该是满意我的回答吧，她终于露出了笑容。

然后，她又说出了令人费解的话。

"所以，我才来见你了啊。"

在耳边回响的温柔的声音，和对她的第一印象完全不一样。世上所有的声音，仿佛都被她的那句话给盖住了。房间里充斥着宁静，我感到了一阵沉默。

我"啊——"地张着嘴，用手指着自己的下颚。"我和你有过什么约定吗？"

"是呀。"她微微向前点头。茶色的长发就像羽毛一样，轻柔地摇晃着。

仔细地盯着她的脸，果然还是没有任何印象。紧接着，回想以前的约定，但是也没有相关的记忆。

"不好意思……你，是不是认错人了？"

我这样说道，她的表情又变得严肃起来。她用手摸着自己的右脸颊，说道："那，我再说一遍，好吗？"

我急忙摇头。

"没事，你慢慢想吧。我明天晚上还会来的。"

说着，她站了起来，走向玄关。

"等一下。"我慌忙地喊她。但是，我的声音似乎没有传到她的耳朵里。她手扶着墙，蹬好了浅口鞋。

明天还来？来干什么？比起这个，她到底是谁？我大脑里疑问的量已经到达了极限。

　　她的手握住了门把。"那个！"我下意识地站了起来，再次叫住了她。

　　"怎么？"她的脸朝向了我，语气有些严厉。

　　"不是……那个……"想要把脑海中的疑问全都抛向她，但是脸颊被打的不安再次在心中掠过，于是就又把问题封在大脑里了。

　　"你是戴了彩色美瞳吗？"

　　取而代之的这个提问，连我自己都清楚地知道答案，而且问题也无关紧要。对于这个愚蠢的问题，果然，她露出了惊讶的表情。

　　数不清是第几次的沉默了。

　　"我天生就是这样，怎么了吗？"她那茶色的瞳孔捉住了我的眼睛，"生下来就是这个颜色。"

　　"难道你是混血儿？"我接着又问了可有可无的问题。至于为什么要问这个问题，我也不是很清楚，应该还有更值得问的内容吧。

　　"不是。"她简洁地回答道。

　　"这样啊，看起来非常漂亮。"

　　"你是不是想追我？"她的手从门把上移开，气势汹汹地朝向了我。被她扇脸颊的记忆再次闪现在脑中。

　　"不，不敢当。"我边说边往后退了几步，脚后跟磕在了冰箱的角上。感到浑身就像是被电流贯穿了一样，我抱着脚后跟在地板上打滚，发出了如杀猪般的惨烈叫声。受身体震动的影响，水池上面挂着的铁锅正好砸在了头顶。伴随着金属的热闹响声，就像青蛙的后背被按住了一样，我"啊"的一声惨叫了起来，感觉眼睛冒出了火光。

"你是在表演幽默小短剧吗？"她不禁笑出了声。我忍着剧痛，说道："嗯，是吧。"

"还挺有趣的，那我再告诉你关于我的一件事好了。"

她竖起了食指。

我揉了揉自己的脑袋和脚后跟，又一次咽下了唾沫。

"我叫华子。中华的'华'，孩子的'子'。"

脑中浮现了那两个汉字。当然，我对这个名字毫无印象。比起这个，刚才说的"米歇尔"又是什么？她身上的未解之谜更深了。

"华子小姐吗？真是个好名字呢。"不知道这样说好不好，但还是只说出了这句话。像是相亲时说的话，说完了自己都觉得有些不好意思了。到底什么才算是"好名字"呢？

"所以说，你是想追我吧？"

我像是刚沐浴完的大型犬那样，使劲地摇着头。

"别用敬语了，又不是相亲。"她说道。我条件反射般地道歉，回了她一句"不好意思"。

"明天你还会来吗？"我立刻转移了话题，盯着那位自称是华子的奔放女子。

"你是不是很期待呀？"

我又说不出话了。脑中的疑问已经达到了饱和状态。

"是这样的。那明天见啦。"

她打开门，对我回眸一笑，留下南国水果般的香气，离开了。

我呆呆地站在门口。大脑中的众多疑问缠绕在了一起。她是谁？

越想越觉得漫无头绪。深深地叹了一口气，倒在了床上。她那精致的五官浮现在我的眼前，即使闭上眼睛，她的样子还是会残留在眼睑里，不会消失。

第一次知道了喜鹊这种鸟，由于日语的名字很像，一开始还以为它是白鹭的同类。除了肚子和一部分的羽毛呈白色之外，喜鹊的外表看起来很像乌鸦。七月七那天，成群的喜鹊会聚集在银河，展开翅膀，搭成"鹊桥"。好像织女就是走过这座桥去见牛郎的。

我合上展开着的书，把它放在了摞在桌上的几本书的上面。在重新回归安静的图书馆里，学生们都在各自忙着自己的事情。有在用电脑进行资料检索的，有坐在书架旁的桌椅上读书的，还有趴在窗边的桌上一边晒太阳一边睡觉的。我也在这个学生们安静地做着自己的事情的场所里。桌子上堆着书，我正盯着眼前的电脑屏幕，为了完成马上就要到上交截止日期的"性别论"课程的报告。当然，这个课程和七夕传说一点儿关系都没有。在查阅文献的途中，七夕传说的那本书一下子映入了我的眼帘，我便顺手把它取了下来。

但是，即便读了那本书，我也还是对那位自称华子的女孩没有任何头绪，反而是让自己的内心变得更加烦躁了。

她到底是谁？她找我有什么目的？为什么她会突然扇我耳光？"米歇尔"又是谁？诸多找不到正确答案的疑问，在我的大脑里疯狂地乱转。她的五官就像泡沫一样，浮现在了我混乱的大脑里。透明白皙的肌肤、高高的鼻梁、轮廓清晰的茶色瞳孔、长长的睫毛，我完全不记得以前曾见过如此美丽的姑娘。

我又开始想，她到底是谁？

在思考的同时，我注意到了背后好像站着人。

"喂，冈部。"

听到这个熟悉的声音，我立刻回了头。一位穿着连衣裤的男子站在那里。他是在我打工的加油站工作的社员胜矢。

大约三十分钟前，我收到了胜矢发给我的写着"你在干吗"的邮件。我回复他说"我在大学的图书馆写报告"。不过，我根本没想到他会出现在这里。

"我说，到时候在足球比赛里能碰见你吗？"

"见不到。不过，你……"我把自己的音量降到了最低。穿着连衣裤工作服出现在大学图书馆的人，就像是在战火纷飞的战场上看到穿着礼服、手捧鲜花的人一样，相当有违和感。

"没事的，我下午才上班。"他露出洁白的牙齿，自信地挺起了胸膛。我想回他"才不是这个意思"，但是没能说出口。

"《穆谢（MUXE）[1]与性别》。"胜矢读出了电脑屏幕上的报告题目。

"这是性别论课程的报告。"

"穆谢，是什么？"

"在墨西哥的某个民族里，出生时性别为男，但之后却选择作为女性生活的男性群体，被称作'穆谢'。有很多人对他们的存在感到很开心，尤其是他们的母亲。不过，你应该对这个问题没什么兴趣吧？"

"嗯。虽然我不太明白你说的内容，但是能感觉到大学生很不容易啊。"胜矢的语气表明了他对此并没有太大的兴趣。

"话说，你怎么了吗？"

"什么怎么了？"

对他提出过分的要求保持警戒。刚发完邮件问我在干什么，胜矢就突然现身在了我告诉他的场所。要是我说我在家，他半夜也会来我家的。他基本上找我都没什么正经事，不过，他应该不可能特地跑到距离打工地点并不近的大学图书馆来消磨时间。

"你来这种地方，也太罕见了吧？"

"这又没什么。"

听到他这句话，我一下子就泄了气。

"总之，你就是闲的。"

"回答正确。"胜矢向后用手捋了捋他的大背头。

1　Muxe是居住于墨西哥东南部的巴特克人的一个特殊群体。不同于男性和女性，他们雌雄同体，被认为是第三性别。

　　我一脸为难地抓着头发。图书馆内一片寂静，只能听见远处传来的不知是谁在用鞋底摩擦地面的声音。我果断地认命了，把还没写多少的报告保存好，准备收拾一下就离开图书馆。其实，在给胜矢回信的时候，我就决定要这么做了。

　　"一起吃个午饭吧？"我试着邀请他。"真好啊，去学校的食堂吧！我还从来没去过呢。"胜矢高兴得像个孩子，露出了太阳般灿烂的笑容。

　　在认真学习的学生里，有人咳嗽了一声。我朝着咳嗽的方向，不好意思地低头示意。

　　"咱们赶紧先从这里出去吧。"

　　已经过了午饭的高峰时段，所以食堂不怎么挤。午饭吃得晚了一些的学生和教授，零零散散地坐在食堂。我和胜矢坐在了落地玻璃窗边的餐桌前。光照非常好。从窗户那里，能看到一个四周贴着石头的由水泥制成的长方形池塘。池塘旁边的空地上，啦啦队队员们正在顶着酷暑练习舞蹈动作。

　　刚坐在椅子上，四位女大学生从我们的桌旁走过。她们朝着胜矢的方向看了一眼，用连我都能听到的音量，高声尖叫道："啊！好讨厌！真的好帅啊！"

　　胜矢没在意她们的反应，对着面前的炸鸡块定食发出了感叹，两眼放光。

　　"我很早以前就想来大学食堂了呢。"

　　就像是第一次被带到游乐园的孩子一样，胜矢嘴里塞满了炸鸡块，喊着"好吃"。

　　　*

　　我在胜矢面前抬不起头，是有理由的。

　　我和他相识于今年的春天——我刚好搬来这里满一年的时候。樱花的粉色花瓣开始凋落，挤满了眼神里满含希望的年轻人与眼神里满是忧郁的中年上班族的电车上，我正好也在。

　　不管是到什么时候，我都无法习惯电车里那种人满为患的状态。身子根本无法动弹。闻着中年大叔头皮的油脂味，还有不知道是谁吃过大蒜而飘散出的口臭，我拼命把脸贴在电车门的玻璃上。就不能快点儿到我目的地的那站吗？各站停车的列车，每到一站都要开闭车门。只有很少的人下车，但是却又挤上来很多人。车厢内的氧气开始变得稀薄。真是让人扫兴。

　　接着——等下次早上上课的时候，提前一个小时坐电车好了。正在这样想着的时候，我就立刻接受了大都会的电车的"洗礼"。

　　在途中的停车车站，还是只有几位乘客下车。我下意识地把目光停在了他们的身上。就在这时，我感觉左手被紧紧地压住了。猛地回过神来，我发现自己左手的手腕被人抓住了。又过了几秒，我才反应过来那是女人的手。紧接着，传来了刺耳的叫声。

　　"色狼！色狼！"没想到她会说这个。

　　我的手被她抬了起来。

"他是色狼！"就像是在拳击比赛中获胜了一样，我被那个女人高高地抬起了手臂。

许多双眼睛在盯着我。一开始我还没反应过来是怎么一回事。但是，看到他们的反应，我立刻就明白了。一位正义感强烈的，三十岁出头、头戴针织帽的男性，抓着我的右胳膊，把我拉到了车厢的外面。在站台上等下一趟电车的人，还有在电车里的人，数不清的目光一同刺向了我。我已经被完全锁定了。

"你可不要逃跑啊。"正义感强烈的男人气势汹汹地说。抓着我左手的，是一位戴着眼镜的年轻女性。她看起来工作能力很强。我的左手手腕还有右臂都被死死地抓住了，根本动不了身。

"如果被误认为是色狼，应该立刻从现场逃跑。"感觉好像听别人说过这样的话。"被误认为是色狼的话，总之，先把名片放在地上，然后立刻离开。"我好像在电视上看到过这样的建议。很不巧的是，我被吓得呆站在原地，别说是逃跑了，就连把代替名片的学生证放在地上然后离开的行为都无法办到。而且，在那之前，周围的目光早已聚集在了我的身上，成功逃跑的可能性非常低。当然，我也说不出话来。

为什么我这么倒霉啊。

这样想着的时候，背后传来了声音。

"喂，卑鄙无耻的东西！"

沙哑的嗓音。抓着我左手手腕的女人，还有抓着我右胳膊的男人，一同把头扭了过去。我也回头看向了后面。只见，一位顶着黑色大背头的容貌端正的男子站在了那里。

"我一直都在看，那小子什么都没干。"大背头男子看着我，问道："是吧？"

"你说什么呢！别多管闲事。"女人脸色大变。

大背头男子"哼"地笑了。

"才不是吧。我不仅看到那小子什么都没干，还看到你们在上电车之前，在站台的长椅那里鬼鬼祟祟地商量作战计划呢。"

抓着我右臂的力量，立刻变得轻缓了。

"你们在商量让谁当冤大头呢。是不是想骗和解费来挣零花钱啊？"

男子话音刚落，正义感强烈的男人就开始往检票口的方向跑，女人则立刻钻进了还停在车站的电车车厢里。不一会儿，车厢的门关闭，我们所在的电车发车了。再次看向检票口的方向，那位正义感强烈的男人的身影，已经混在人群中消失不见了。

站在面前的容貌端正的大背头男子表情沉重。

"真是世风日下啊。"男子咋了一下舌头。

*

我说着"我要开动了"，把双手合十。我面前的饭菜和胜矢一样，也是炸鸡块套餐。今天是胜矢请客。我之所以在胜矢面前抬不起头，除了他"救过"我一次，还有别的理由。在我一直找不到打工地点的时候，也是胜矢给我介绍了兼职。就是现在打工的加油站。胜矢是我的恩人，也是我在打工地点的前辈社员，更是我的好朋友。

胜矢把一整个炸鸡块塞进了嘴里。眯起眼睛，做出了很享受的表情，然后吞了下去。

"冈部，你是个浪漫主义者吧？"他突然问道。

听到他出其不意的发言，我停下了筷子。

"书。"胜矢接着说道。

把"浪漫主义者"和"书"联系在一起，"七夕传说"这个词浮现在了脑中。我推测胜矢是在检查我在图书馆里读的书。

"才不是呢。那是……"我气势十足地说道，途中却又停了下来。犹豫是否应该告诉胜矢昨天晚上发生的那件不可思议的事情。

"那是什么？"胜矢催促我道。

稍微犹豫了一下，我还是把昨天的事情告诉了胜矢。在内心的深处，我可能还是想把那件难以理解的事情说给别人听吧。

打完工回到家，发现不认识的女子坐在房门前，紧接着被她突然扇了一记耳光。她告诉我的七夕传说，以及今晚她还要再来我家。我把这些全都告诉给了胜矢。

听了出现在我面前的女子这件事，胜矢笑出了声。

"什么啊，骗人的吧？怎么会有这么奇怪的女人啊？"

"是真的啊。"

"突然扇耳光，随便喝别人家的果汁，说一些不明不白的话，还说什么'再见，我还会再来的'。什么啊，这是。"他捧腹大笑道。

"既然行为可疑的男性很常见，那么这种女人也可能有啊。"我本来想嘲讽他一下，但是看到他的表情又变回了严肃，我也只好点了点头。

"那个女人说她是来见你的？你是不是跟人家有过什么约定啊？"

"我一点儿都不记得了，真的。"

"那应该就是冈部你忘了吧。比如说，喝醉之后和女孩约定好了什么。我喝醉之后和女孩说的话，根本就不记得了。"胜矢"咯咯咯"地笑道。

"我从来没有过喝酒喝到失去意识和记忆的时候，更不会去搭讪了。"

"嗯，说喝醉之后忘了是开玩笑的，但是，记忆这种东西，平时也会忘得很快的。"

"是啊……"

"然后在某个时候，因为某种契机，它又会突然复苏。"胜矢说着，又往嘴里塞了一个炸鸡块。他鼓着腮帮子，细细地咀嚼着，脸上还是和之前一样的很幸福的表情。

"是这么回事。"

"是啊。"胜矢隆起的喉结在蠕动着，"说是已经忘了之前的恋人，但是，不知道在什么契机之下，就又会想起来。这种事是很常见的吧？"

"我没有恋人。以前也没有。"实话实说，我没有谈过恋爱。

"我知道。"胜矢笑着说。

"你是在笑话我吧？"

"好了好了，听我说。"胜矢像指挥家一样，晃动着筷子，"这种事情很常见。和前女友之前一起看的电影在电视上放映的时候，二人经常听的歌曲在广播中出现的时候，闻到街上擦肩而过的行人的香水和前女友用的一样的时候，沉睡的记忆都会突然苏醒。"

"通过五感复苏的记忆啊。"

"是的，五感复苏的记忆。"胜矢对这句话好像很在意，深深地点头。

"电影是视觉，广播是听觉，香水是嗅觉。那味觉和触觉呢？"我掰着手指头，一边数着一边问道。

胜矢在盘子上把伍斯达酱和蛋黄酱混在一起，用最后剩下的一个炸鸡块蘸上酱料，放进了嘴里。不知道好不好吃，但是看到胜矢满脸洋溢着幸福，感觉好像还不错。

"味觉和触觉啊……"

胜矢一边思考着，一边吞下了嘴里的食物。

"这个怎么样？某位男性美食作家的事。在还没有什么名气的时候，他和某位擅长料理的女性同居了。那位擅长料理的女性，梦想着在某一天能自己开店。她对男人说，'如果真的开店了，希望你能给我写一篇美食评论。'但是，二人因为每天忙于追求各自的梦想，渐渐变得疏远，最后分手了。多年后的某天，男人结束了一天的工作，走在回家的路上，突然觉得肚子很饿，就随便走了进位于郊外的西餐厅。那是一家家族经营的小餐馆。坐在餐桌旁，店里的小姑娘来询问点餐。嗯，是个还在上学的小女孩。问她'有没有什么推荐的，适合男性的菜'，她笑着回答了'炖牛肉'。于是，男人点了这道菜。没过多久，小女孩把炖牛肉端了过来。男人对她表示感谢，在嗅到满心期待的炖牛肉的香气之后，他舀了一勺牛肉，递进了嘴里。就在这时，他的舌头还有大脑，感受到了强烈的冲击。是以前经常吃的味道。难道说……他把目光移向厨房，看到的是自己初出茅庐时的恋人。"

"这个故事，真的有些令人难过啊。"

"很难过吧？五感的记忆，大体上都是痛苦的回忆啊。"我心里想着刚才他的台词是有什么根据，还是说是自由创作的？但还是点了点头。

"那，触觉呢？"

胜矢再次回答了一声"是啊"。只见他做思考状，说道："这个怎么样？

"某个偶像和宅男之间的故事。在很久以前，有一位不起眼的少女被男友甩了，心情低落。对自己的长相感到困惑的她，觉得自己是因为不漂亮才会被甩的。所以，她决定去做整形手术。为此，牺牲睡觉时间，不问昼夜地打工挣钱。经过多次整形，她终于实现了戏剧性的变身。拥有了任谁都会羡慕的美貌，社会当然也不会把她抛弃。没过多久，她在街上被演艺事务所的星探发掘。又过了一段时间，她成了顶级偶像。"胜矢认真地说。

"完全理解不了你在说什么。没关系吧？"

"没关系的。再等等，听到最后你就明白了。"

"啊？"我说。

"另一方面，宅男以前是擅长运动的棒球少年。身边的人都期待他以后能成为职业棒球选手。当然，他在学校的女生里也非常受欢迎。但是，他在某次训练中肩膀受重伤，不得不放弃了棒球。深受挫折的他，陷入了失意的谷底，也没有了活下去的希望。交往的女友也跟他分手了，他整天待在家里不出门。头发乱如鸡窝，胡子长了也根本不刮，成了一个标准的家里蹲。日子一天天地过去，某天他在电视上不经意地看到了一位女子偶像，立刻就爱上了她。作为狂热的粉丝，他把能买到的这位偶像的唱片还有杂志全都买了。啊，因为是家里蹲，当然全都是在网上买的。现在可真是便利啊。但是，他对她的想法并不局限于此，他非常想见这位偶像，决定去参加她的握手会。"

胜矢滔滔不绝地说着。估计是口渴了吧，他停下来吸了一口茶。

"从家里出来，真是不简单啊。"

"嗯，对啊。听说家里蹲的人能跨出屋子的玄关，比阿姆斯特朗登上月球的第一步更有价值呢。"

"虽然我觉得并不是吧。那他之后怎么样了？"我继续追问道。

"二人在握手会上见面了。握手的时候，二人突然四目相对。偶像不记得以前曾见过这位胡子拉碴的宅男，但是，他的手的触感就像是中学时放学路上每天都会握着的那样。宅男也觉得对方手的触感，像是自己在受伤失去信心之后，哭着跟他分手的女友的手。岁月流逝，二人的样貌全都变了。但是，手心的温度和弹性，还和当年一样。故事到此结束。"

"很棒的故事……只是听起来有些生硬，太像编的了吧。"

"你可真烦人。总之，记忆会通过五感在不经意间复苏。"

通过五感之一的视觉，确认了自称华子的那个女孩的脸，但我的记忆并没有复苏。

"话说回来，那个女孩非常漂亮。"我想起了她的脸。

胜矢好像没什么兴趣，只是敷衍地回了一声"嗯"。

那之后，胜矢用筷子指向我的身后，说道："和那个女人相比，谁更漂亮？"

受他的引诱，我回了头。是正在用抹布擦桌子的食堂阿姨。头上缠着三角巾的身材丰腴的大妈。"美女"的标准到底是什么？还真的不太好说。胜矢的表情很认真，我不知道该怎么回答他了。

"不是……"我转过头，发现自己盘子里剩的最后一个炸鸡块不见了。胜矢的嘴巴鼓得像小仓鼠一样，咕叽咕叽地嚼着。想着自己被摆了一道，不过我知道他时常会做出孩子般的举动，所以也没有那么吃惊。

"是幻觉吧。"

胜矢咽下嘴里的炸鸡块，"咯咯咯"满足地笑了。

我也模仿着回笑他。

"话说啊，什么样的人才算是美女啊？"胜矢突然一脸正经地说。

面对冷不丁的问题，他发出了奇怪的声音。

"美女，到底是什么意思啊？"胜矢又吸了一口茶杯里的茶。

我在嘴里嘟哝着"美女"，思考着它的意思。再次被问到这个问题，我开始觉得有些不安，担心和它原本的意思能否保持一致。

"一般来说，美女指的是容貌美丽的女性吧。"我答道。说完，我感觉到胜矢要对"美女"发表什么见解了。他之后说的话，我无论如何都忘不掉。

"这样啊，美女是容貌美丽的女人啊。"胜矢望向窗外。我也学他移开了视线。啦啦队队员们正好在做招牌动作。离她们有些远，无法确认她们的长相。但是，她们之中应该有几位是可以被称为美女的。胜矢把他那高挺而又美丽的鼻梁，又朝向了我。

"美女和夕阳是一样的。"胜矢低声嘟哝道。

"什么啊？"从未听过的台词，"是谁的名言吗？"

"啊，是的。是我说的名言。"

"原来是这样啊……"

"嗯。你还是记住比较好啊。"

"你是说美女和夕阳一样美丽吗？"我刚问完，胜矢突然就笑了。

"不愧是浪漫主义者。"胜矢开始"哈哈哈"地捧腹大笑。我感觉他在嘲笑我，有些生气。

"我可不是什么浪漫主义者。"

胜矢笑了一阵之后，好像是满足了，恢复到了之前的表情。

"嗯，确实像冈部你说的一样，夕阳是很美丽啊。看到之后，心里都会像那种颜色一样，变得暖暖的。"

"是啊。"你说的话也很浪漫主义啊。我想这样"反抗"他。

"但是，看到夕阳之后，也有人会觉得很悲伤啊。"我又一次回了他"是啊"。

"和这个道理一样。冈部觉得是美女的女人，也许我并不会赞同。"

"这样啊。"听别人说一些无关紧要的话的时候，只要会用"是这样的"和"这样啊"这两个词，就足够了。

"黄昏时分，也被称为'逢魔之时'，指的是在这个时间遇见妖怪和幽灵。它还被称为'大祸时'，指的是容易发生祸害的时候。"说着，胜矢用手指在桌子上写下了汉字。之后，名言发表会继续进行。不知道他这么多的情报是从哪里搜集的，真的是很佩服他。

"很多的灾祸都是美女招致的，红颜祸水。"胜矢得意扬扬地说。

想起了以前看过的某部悬疑电影里，连续杀人事件的凶手就是姿色诱人的美女。掉以轻心的男人们，纷纷被她给杀了。

"红颜祸水吗？"

从嘴里说出"祸"这个字的时候，我注意到了它的不祥感。当听到自己说出的这个词时，不禁感到后脊背发凉。

"美女可畏，蛊惑人心。"胜矢说。

"莫非，胜矢先生，你以前被美女欺骗过？"我这样问道，胜矢哄然大笑。整个食堂里都回荡着胜矢热烈的笑声。

"我吗？我才不是那种看脸的人，我从来都没有对女性一见钟情过。那是大脑被视觉给欺骗了的结果。"

"此话怎讲？"

"不能被外表所欺骗，要不然就看不到本质了。"

"本质吗？……"

"你知道双重影像吗？"

"就是那个吧？以前在教科书上印着的画。"

"啊，是的。虽然是同一幅画，但是可以用两种不同角度来看。而且，那种画越看越会忘记自己的第一印象。"

想起了上小学的时候，手工课的教科书上有一张画着女人的画。一开始会以为那幅画画的是看向后方的年轻女子。但是，如果换一个角度，则会看到她是一个老太太。我现在还清晰记得当时自己所受到的强烈冲击。那之后，不管再看那幅画多少次，我最先浮现在脑海中的都是老太太的样子。想起这件事时，我不禁领悟了他话中的意思。

"而且，脸这种东西，很快就会变的。"胜矢接着说道。

"是通过整形手术吗？"

"嗯。就像汽车换发动机一样。"胜矢得意地说道。我想起了之前胜矢教我给汽车换发动机的事情。"如果对外观不甚满意，那就换个发动机，再把外装改成喜欢的样子就可以了。当然，也不是必须要换才行，毕竟是要花很长时间的。脸也是那样，不满意的话，换了就行了。要知道，日本可是这种技术的强国。"

我想起了那个名叫华子的女孩。她高挺鼻梁和下巴美丽的线条，具有即使做了整形手术也根本看不出来的那种美丽。她的轮廓、眼睛、鼻子还有嘴巴，分明就是按照黄金比例长的，她脸上所有的线条，都像是被精确计算过一样。

"嗯，总之，对美女一定要小心。趁着还没被勾掉魂之前，最好不要离她太近。特别是你还觉得她是个美女。"胜矢眨着长长的睫毛。

他也很美。

明天，我还会来的——。我的脑海里又浮现了她昨天晚上说过的话。

"如果她继续接近我的话，我该怎么办好呢？"

"离她远点。绝对不要深入接触她。绝对！"胜矢间不容发地说道。听了他的话，我感觉自己好像踏进了某起大事件的入口，不安涌上心头。

"要是她再次现身，就把她赶走。是吧？"

"是的。再还她一个大耳光。"

胜矢看了一眼挂在柱子上的时钟，说了一句"我差不多该走了"，起身准备离席。最后留下一句"两记耳光也行啊"，就离开食堂了。

把胜矢留下的还有自己的餐具拿去返还处。看了一眼窗外，啦啦队队员们已经不在了，取而代之的是看起来很认真的一对男女同学，他们靠在池塘的边缘聊天，看起来关系很好。

从食堂出去的时候，想起了之前还没写完的报告，开始发愁。我究竟能不能写完这个报告啊？能不能集中精力啊？新的不安从心头掠过。

三　　　カササギの詐略

　　日本四季分明。经历樱花漫天飞舞的浪漫之春，迎来枝繁叶茂的
新绿之夏；送走街道被金黄绒毯铺满的凋落之秋，又遇见使人哈气变
白的寒冬。就和这四季变换一样平常，那晚，华子来了。

　　拖着银色的行李箱，抱着黑色的大包，她按响了我房间的门铃。

　　"好重啊！"

　　华子进到房间，把大包放在地上之后，坐在了坐垫上。从白色雪
纺绸短袖衬衫和牛仔短裤里露出的长长的手臂和腿，被随意地伸展着。
她看起来坐得很舒服。

　　是要去旅行啊。看了一眼放在脱鞋处的行李箱，我这样认为。那
个圆角的银色长方体像是高楼一样，俯视着脱下后被胡乱丢在一旁的
她的浅口鞋和我的运动鞋。

　　"你是准备出逃吗？"指着那个像是要去海外旅行的行李，我开

玩笑说。

华子眯着眼，回道："我是不是应该笑一下呀？"

"没事，不用……"我说。

好像没办法跟她开玩笑。

"你为什么要站着啊？"华子伸出下巴，"快坐下。"

我听从她的指示，在桌子对面的坐垫上坐下，背靠在床上。缓了一口气，我才回过神来。我在干什么？让她进了房门，还坐在桌子对面和她四目相对。

绝对不要深入接触她——想起了胜矢说过的话。我必须把她赶走。

深吸一口气，摊开右手手掌，注入力量。想狠狠地从左到右再从右到左挥动这只手。我感觉自己的手掌已经切断了空气。"好！"在心里暗下决心。

"你干什么呢？"

华子的声音打断了我的行动。

"啊，没，没什么。"

"是家里有虫子吗？"

"不……"我慢慢地把右手收到自己的大腿上，"有虫子。"

"你怎么这么奇怪啊？"华子浅浅一笑。

"对了，话说，你是准备要去哪里旅行吗？"我转换好了心情，问她道。

华子皱了皱眉。"旅行？"她立刻笑出了声。

"啊。"在我正准备说话的时候,华子的嘴唇也动了起来。她的话盖住了我。

"今天,我要在这里过夜。"

我完全不知道该说什么了。

华子像是早就决定好了一样。感觉这里不像是自己的公寓,而是华子某位朋友的家。

我觉得自己就快要说出"那我差不多就回去了"。

"今天?"我问道。华子点头。"在这里?"华子又点了一下头。"过夜?"华子深深地点了一下头。

反复细品她的话,我认真地在心里得出了答案:有这样乱来的吗?

"你是在开玩笑呢吧?"包含着"请告诉我你是在开玩笑"的意思,我说道。

"开玩笑?你要是这样认为的话,那就笑一笑啊。"

我想了一下,笑着从嘴角发出了"嘿嘿"的声音。看到我的表现,华子又回我以笑脸。看到她的笑容,我觉得她好像是确信了我并没有在说她开玩笑。

没有开玩笑啊!我在心里大声呐喊。

"不,不是,这我可就难办了啊。"

华子歪着脑袋。

"你难办什么?你不让我住下,难办的是我啊。"

"这也太乱来了吧……"再次想起了胜矢的忠告。美女可畏——

"我知道了。那，你想想看。无家可归的我被赶出这里。外面一片漆黑。脚步沉重地走着夜路，突然，前方出现了一个怪异的变态。我被他袭击，最终惨遭杀害。你通过明天的新闻知道了这件事。你的良心难道不会受到谴责吗？你还能说这件事跟你没有关系吗？赶出受害者的罪魁祸首。"在"罪魁祸首"四个字上加了重音。

"怎么会有这么不讲理的……"

"这世上，净是不讲理的事。最好提前记住这一点。"像是用荧光笔做重点提示一样，看不出她有任何的胆怯。

"话是这么说没错，可为什么偏偏是我遇上这种事啊。"说出"遇上这种事"的时候，回想起了从昨天开始发生的一连串的事情。

"我可没说要去帮世上所有有困难的人。如果有人在我的眼前求助，那帮助这个人就可以了吧？如果有人快渴死了，递给他一杯水不就行了？通过这些举动，世界就会变得更加美好吧。"华子站了起来，走到我的右侧，跪坐了下去。迟了一会儿，香水入侵了我的鼻孔。甜甜的令人陶醉的南国果实的香气。华子的脸靠近了我。我看着她的脸。

"不是，我懂你说的意思……"

"那就拜托你了。"

华子茶色的瞳孔，盯着我的双眼。果然是美丽的瞳孔。被那双瞳孔盯着，我的思考停止了，身体也动不了了。没过多久，不知道是为什么，她的视线聚焦在了我的嘴唇。我自动地想象了她靠近我嘴唇的情景。

她缓缓地闭上双眼，嘴唇在慢慢接近。十厘米、五厘米、四厘米，嘴唇越来越近。她那娇艳欲滴的双唇，就快要碰到我的嘴了。

我脑海中的想象，停在了华子的嘴唇就快碰到我的嘴唇的时候。我回过了神。

如果华子住下的话，应该就会发生这种事吧？就算是再怎么胆小，面对这种情形，我也会把华子推到的吧？

感到心脏像在打着鼓一样，怦怦地飞快地跳动着。

接着，我想象了华子被暴汉袭击的场面。她被身材魁梧的男人反剪双臂，强行拖进了草丛。在黑暗中，她那雪纺绸上衣被撕开，露出了雪白的肌肤。她手脚胡乱地蹬着，大声地哭喊。男人用粗糙的手掌捂住了她的嘴巴。我顿时感到满腔悲愤。一想到出去可能遇上这样的鬼畜男，我就无法遏制胸中的怒火。在不经意之间，我说出了"你可以住下"。

我被自己不经意说出的这句话震惊了。

然后就是后悔的情绪。

感到一阵眩晕。

"谢谢啦。"华子站了起来，妩媚地微笑着。

"不用，这又没什么……"

想叹气。为什么我做好人要做到这种程度呢？

"不过……"我补充道，"只能住一天。明天你还是请回吧。"

让一位来历不明的女子住在自己家里，我可真是一个没有任何危机意识的大傻子。觉得自己好像就是以前看过的悬疑电影里的那些被杀死的男人们。他们被美色迷住了双眼，最后惨遭杀害。

"还有一点。"我把食指伸到了眼前，"你可别杀我啊。"

"啊？什么？"华子是没听清我说什么，还是怀疑她自己的耳朵呢？又问了我一遍。

"趁我睡着的时候用冰锥刺我，或者在我喝的水里下毒之类的。总之，你可不要杀我啊。"

"你是不是傻啊？"华子对我说的话一笑而过，重新坐回了垫子上。

"你是冲着钱来的吗？"我想试探一下她的企图，故意问了一个似是而非的问题。

"你这么有钱吗？我倒是没看出来。"华子环顾房间的四周，笑着说道。她的笑容，让人看了觉得心里不是很舒服。

"毕竟我还是个学生。"我�‬嘴说，"那，那你究竟是什么目的啊？"

华子摆正坐姿，神色庄重，集中意识。她的双瞳就像拥有着可以排除一切干扰的不可思议般的魔力。

"如果医生对你说'你只剩下一天的生命了'，你会怎么办？"不知道她想通过这个问题让我说什么。总之，先在大脑里想象这个不太可能发生的场景。

"我应该会回他'这个，啊？你在骗人吧？'然后去别的医院，再检查一次。"

房间里陷入了几秒钟的沉默。华子的脸色看起来有些难看。我的回答，看起来并没有合她的心意。

　　"估计是我问的问题不好吧。那我换个问题好了。比如说，二十四小时之后，地球将会因为被陨石击中而毁灭。那么，从现在起的二十四个小时，你打算怎么过？"华子还是一副认真的样子。我想着这种经常在电影里出现的场景，应该不会在现实中发生的吧？没办法，还是试想了一下这种情况。

　　"那我不去上学，也不去打工了。不过，在这种状况之下，学校应该也会停课，打工的地方应该也会停业了吧。而且，即使想吃东西，店铺也不开门。到底该怎么办啊……"我这样说了之后，华子叹了一口气。

　　"可以了。就不应该问你这种问题。要是我被问到这个问题的话，我会回答'即使是死亡来临的前一天，我也会过和平时一样的生活'。地球毁灭的六个小时之前，刷好牙，然后躺在床上睡觉。"我歪着脑袋。华子的话，我听不明白。她到底想说些什么？

　　"明明是最后一天了，还和平时一样生活吗？"

　　"嗯，是的。在二十四个小时之内，不可能把想做的事情全都做完。但也不是放弃的意思。"

　　"此话怎讲？"

　　"平时不留遗憾地生活，就算哪天地球要灭亡了，也不会后悔。"

　　总算理解她的意思了。

　　"原来如此。你这个回答很棒啊。"我的话音刚落，只见华子一脸严肃。

　　她一定是有什么企图。我想着绝不能掉以轻心。

"所以，我想让你帮我实现愿望。"

"请等一下。"随便答应可是大忌，我提高了警戒心，"我既不是神明，也不是阿拉丁神灯。"

"没关系，你一定可以的。"

"真像升学辅导班的宣传语。"

"是吧！"华子露出了任谁都无法看穿的诡笑。

"那，你的愿望是什么？凭我应该是实现不了的，姑且想先听听是什么。"

华子用右手往后梳了梳头发。

"让我看星星和电影。"

她的面容，从漂亮的茶色长发和耳朵的前面露了出来。华子又仔细地说了一遍。

"星星和电影。"

*

"嗯，这……"我自然而然地发出了声音。已经做好了她会给我出难题的心理准备，不过听到她说的话，一下子就泄了气。这个愿望也太容易实现了吧？我单纯地认为。

"这很容易实现啊。"

我站起来走向窗边，推开了窗户。凉爽的晚风吹拂着我的脸，钻进了屋子。我把头伸向窗外，抬头望向天空。就像是在黑色的布面上用针开了很多小孔，然后从背面打过光来一样。夜空中的点点繁星，闪着耀眼的白光。

"请。"

回头一看，华子仍旧坐在原地，而且没有任何表情。时间就像停滞了一样。

"你不看吗？"我刚问完，华子深深地叹了一口气。

"你，你可真是个怪人啊。平时是不是经常有人说你'天然呆''榆木脑袋''神经大条''不着边际'什么的？"被她毫不留情地数落了一番。

华子带着呆滞的表情，又把头发往上拢。

"我的意思是，我想看满天的星空。要是想看现在外面那种普通的星空，就不会特地拜托你了吧？我想看的是那种星星会从天而降的星空。星星会从天而降的那种。"

"原来如此。"

总算明白她的意思了。她是想让我带她去能看到很美的星星的地方。

关上窗户。

"是这么回事啊。"我微微点了下头，然后立刻定住了，看着华子的脸，"这办不到吧。这附近没有什么能看到很美的星星的地方，要是去远一点的地方的话，我又没有车。"

华子做了个淘气的表情。

"现在想办法弄来不就行了吗？车子。"

听到"弄来"这个词的时候，我的脑海中浮现出了外国电视剧和电影里的场景。捡起一个水泥砖块，砸开车窗玻璃给车解锁，再钻进车里。然后，把方向盘下面的配线拉出来连在一起，让车子发动。

——这也太乱来了啊。

立刻就把这个画面给消除了。

"绝对不行。现在这个时间，想要弄来车子，只能是去偷了啊。"

一阵沉默。

"说的也是，是我太乱来了。"没想到华子诚恳地承认了自己的不对。

"没办法啊。还是请你放弃吧。"

"为什么要放弃啊？"

"因为，现在这个时间，根本就办不到的啊。"

我说完之后，华子"嗯"了一声。

她的表情看起来像是在想些什么，又像是有些为难。我心里的期待是，她可能会放弃然后选择回家。

华子哼哼了两声，开口了。

"是呀，我放弃。"

"这就对了。"我点头道。

"今天先算了，我等周六再看。天气预报说从明天开始会是持续的阴天，但是周六就会放晴。所以，周六你再带我去吧。嗯，然后，到周六为止，我就先住在你这里好了。"

"啊？"

我发出了吓人的声音。差点一不留神摔了个底朝天。今天是星期二——也就是说，她要在我这里住四天啊。

"为什么会变成这样啊？"我这样说着，来回看着那个大包和旅行箱，这才第一次意识到华子原来早就做好了要住上好几天的打算。在按响我的门铃之前，华子一定早就设计好了剧本和流程。

"可以吗？拜托你了。"华子双手合十，屈身仰起头，直勾勾地盯着站在窗边的我。先前她已经通过几个关键的行为，给我留下了奔放好胜的印象。我知道她现在温顺可爱的样子是装出来的，但是却不可思议般的并不讨厌。把视线从她的瞳孔移开，我走到了冰箱的前面。打开冰箱门，取出了一罐冰镇啤酒。必须要喝一口了。

"你喝吗？"

我把罐装啤酒拿给华子看。

"不用。我不喝酒。"

想起了昨天我问她喝不喝酒的时候，她的表情看起来不太高兴。我把罐装啤酒放在地上，从冰箱里取出了纸盒装的橙汁。又从橱柜里拿出了一只马克杯，给里面倒满了橙汁。"请。"说着，我把马克杯放在了华子面前的矮桌上。

"啊，谢谢。"华子轻摇了一下脑袋，细细的长发随之摆动。

我拿起放在地上的罐装啤酒，坐在了垫子上。拉开拉环，一口气喝了下去。灌进体内的啤酒，让干燥的喉咙黏膜重新恢复了湿润。我喝了一半之后，把易拉罐放在了矮桌上。

"我不会拒绝别人的请求，从以前开始就是这样。上小学的时候，大家都讨厌在暑假当饲养值日生，所以我就连续做了六年。同学捉弄我，还把我关进过兔子小窝。上初中的时候，我当了不受大家欢迎的风纪委员，提醒不良学生注意着装，结果被他们关进了体育器材室。"

"哦。"华子把马克杯送到了嘴边。

"上高中的时候，我被同学们推举为旅行干事。住宿和交通的安排，每天的菜单以及行程的制定等任务，我都完美地完成了。不过，我并没有被邀请去参加那次旅行。"我列举了以前发生的事情。其实，像这样的故事还有很多，根本讲不完。

"冈部君，你是不是被霸凌过？"

"没有，没被霸凌过。因为那里是以前我去过的地方，所以在给大家介绍观光地的时候，不自觉地就变成那个样子了……不对，我想说的是，最后它肯定得有人做。"途中，我把想出来的哈欠给憋了回去，"所以，我会带你去的。看星星。"

"真的吗？"

就像是焦急地盼望着春天的花蕾"叭"的一下子开了花一样，华子的脸上绽放着灿烂的笑容。那并不是赔笑，而是非常自然的笑容。"谢谢。"华子说道。

"这周六，不要忘了哦。你要是那天安排了别的事情的话，可要小心我的巴掌。"

以防万一，我在脑海中想着周六晚上的安排。那天除了打工，没有别的安排了。星星只有在晚上才能看见，所以打工结束之后，时间也很充裕。

"对了，对了，好不容易能一起出去，中午你带我去看电影吧。"华子双手合十，嘴里念着"拜托了"。

我不知道该怎么回答她了。

"就当是约会嘛。"她那大大的眼睛，忽闪忽闪的。

她到底在想些什么？在已经展现出警戒心的我的面前，表现得这样亲密，到底是为什么啊？我完全理解不了。只能觉得是她的神经太过大条了吧。

"被你突然这样说，我……"

只是，被女性这样搭讪，说实话，我并没有觉得很不舒服。而且到目前为止，我从未有过和女性单独约会的机会，所以，这种感觉还挺不错的。

高中的时候，我和同班同学有过一次二对二的约会。最初，我并没有打算参加这种四人两对的约会。只是，说好要来的一个男同学那天突然发烧了，我被半强迫地参加了那个活动。被同学"拜托你了冈部，来吧"这样恳求，我也不忍心拒绝，于是就参加了。一开始，四个人在一起开心地打保龄球。在途中的时候，分成了男女各两对行动。提议分别行动并邀请我来参加的那个男同学，后来我想了想，他应该是对其中一个女同学抱有好感，所以才想出了这样的作战方法。有流言说，后来没过多久，他们便开始交往，但很快就又分手了。我不太适应约会，说不出话来。还不只是这样，在途中去的那个家庭餐厅里，我因为紧张喝了太多的水，腹泻不止，在厕所里待了很长时间。果不其然，等我回来的时候，那个女生已经走了。当然，那之后我也没有再和她单独约会过，也没有再做过这种四人约会了。

"啊，你那天中午是有安排了吗？"

"没，没事的。"我立刻回答。

不知道是什么原因，周六那天打工出勤的人很多，站长曾问过大家有没有人想休息。跟他说一下的话，应该就能请到假。"是的。好不容易能去看电影。这样一来，你的两个愿望就都能实现了。"华子的脸上再次绽放了笑容。

"太好啦，一言为定哦。"

好，和她去约会。真是太久没约会过了啊。有点儿紧张，还又有点儿小激动。我不是否定胜矢说的话，为了知道她的企图，我知道自己必须接近她才是。如果得不到线索的话，就无法知道她接近我的原因。而且，她虽然是个非常以自我为中心的人，但是我并不觉得她是什么坏人。听天由命吧。我已经做好准备了。

"话说。"华子把马克杯放回矮桌，单手握拳击打掌心，"我给你带礼物了。"

"给我的吗？"听见"礼物"这个词，不论多少岁，都会心动的。

华子从黑色的大包里取出了一个深蓝色的像沙袋一样的东西，递给了我。黑包一大半的空间像是被这个袋子给占用了，袋子拿出之后，黑包立刻就瘪成了空壳。沙袋的分量不轻，个头也不小。

"这是什么？"

我打开了沙袋。里面露出了相同颜色的睡袋。

"我睡那里。"

华子指了指我身后的床。

"那，我是要睡在这里面吗？"像个大信封一样，宽八十厘米，长度勉强够成年男性使用。

"是呀。你的床是单人床吧？两个人睡不下的。"华子毫不胆怯地说。

"倒……倒也是……"

我一边点头，一边对"她是不是个坏人"的这一问题，在心里做了保留。

"我去洗澡了。"华子把开了口的大包挂在肩上，"砰砰"地敲了两次。我想，那里面放的应该是洗漱用品和换洗的衣服吧。

带华子去到位于玄关附近的脱衣处。跟她说了旁边是卫生间，还告诉了她放着浴巾的抽屉是哪个之后，关上了脱衣处的门。

还没接受这个奇怪的故事展开，回到屋里之后，挪动了她的行李箱。想着把行李箱提起来，但是它比我想的要重得多，所以我只好拉着拉杆了。拖着行李箱的时候，我突然想：打开这个箱子，应该可以找到关于华子真实身份的线索吧？

"不可以。"大脑里的另一个我说道。随便翻别人而且还是女性的物品，是非常没有礼貌的行为。

"不对，不对。"另一个我说。想想她之前那些任性的举动，我想做的事，也是她应受的惩罚。

内心的纠结并没有持续很久。

*

在归于平静的房间内，我把她的行李箱放倒了。竖起耳朵听，只能听到浴室里水流弹击地面的声音。她应该不会马上出来的，我心跳开始加快，视线回到行李箱，侧面的锁板上有两个可以拨动的密码锁。每个密码锁都有三组数字。两个锁上面的数字都是"000"，我试着按照这个数字开锁，但是没能打开。想着"也是，怎么可能这么简单"，我把右侧的锁调成了"001"。咽下口中微温的唾沫，再次试着滑动密码锁，没有任何动静。接下来，我又试了"002""003"……还是没能打开。"010""011"……我满怀耐心地接着试。但是，到了"025"的时候还是不行，我仰面倒在了地板上。

这时，我才意识到有数百万种的排列组合。办不到啊。就算她再怎么有洁癖，洗澡要洗很久，我也不可能在她洗完出来之前解锁密码。我把密码调回到"000"，将行李箱挪到了房间的角落。我坐在睡袋上，手里拿着罐装啤酒，呷了一口。谜题的线索，不可能就这样被轻易找到的。

比起这个，我的心里突然感到一阵暗淡与悲凉。看电影的事自不必说，我还约定好了要带她去看星星。根本想不出哪里有什么能看到美丽的星星的地方。还有，车子要怎么办才好？大学友人的身影逐一浮现在了脑海，但是，他们都没有车。上课前拜托我替他们签到、考试前管我借笔记的这些人，真的算是我的朋友吗？算了，先不想这个了。紧接着，胜矢的脸浮现了出来，不过马上就又消失了。胜矢对我说过不要和她走得太近，所以他也不太可能痛快地把车借给我吧。

这样一来，就只能去租车了。虽然要花一笔钱，但是也没别的办法了。这就是轻易答应别人的代价。我这样说服自己。

洗完澡后，华子用吹风机吹干了头发，回到了屋里。她穿的是白色长袖 T 恤和毛巾质地的粉色长裤。坐在床上之后，她开始摆弄手机。华子卸妆后的面容，稚嫩犹存，看起来像是徘徊在少女与成人之间的高中女生。即使不化妆，她也很美。而且，她平时的妆很淡。

"你可真是童颜啊，皮肤很光滑的样子。"我试着夸了夸她。

"是呢。"华子淡然地说。

我原本想着能看到她害羞的表情，但是她丝毫不为所动。只是像个孩子一样，一直在玩儿手机。

"你看起来比我年轻好多。你今年多大了？"很自然地问起了关于她的事情，我在心里为自己拍手喝彩。

"二十一岁了。比你大一岁。"

有两点让我很吃惊：她比我年长，她知道我的年龄。刚说到"为什么，我的"的时候，我把话又咽了回去。连我的名字和住址都知道，至于年龄，也就不足为奇了。她没有注意我在想什么，打了一个大大的哈欠。

"拿着那么重的行李走了太久，我累了，我要睡了。"说着，她躺倒在了床上，盖着毛巾被，面朝墙的方向接着摆弄手机。又过了一阵，她把手机放在了枕边，就一动不动了。

对如此以自我为中心的她摆出苦笑的表情之后，我站了起来，关上了房间的灯。

我说了一声"晚安"，她回复我"安"。

路灯的光亮从窗户漏了进来，屋子浮现出微微的白色。从冰箱里又拿了一罐冰镇啤酒，在昏暗中喝着。突然想到。事件也许就这样开始了吧。

四 カ サ サ ギ の 計 略

　　来往交汇的车辆，几乎都没有开大灯。再次直观地感受到了这个
昼长夜短的季节。看了一眼表，现在是晚上六点刚过，大部分的车应
该都是往家里去的吧？我这样想。

　　我心不在焉地扫着路两旁的风景，坐在胜矢驾驶的小型灯油运输
车的副驾驶。当然，在现在这个季节，运输车并没装载灯油，它只不
过是一个载着银色油罐的卡车罢了。

　　上完课，我从大学来到打工的加油站。站长说："你和胜矢，
去把那辆要洗的车给我取回来。"站长接到了老顾客打来的电话，说
要洗车。作为员工，我们需要去取车、洗车，最后再把车交还回去。
这个第一眼看上去就能感觉到是个很没有效率的工作，其实是伴随汽
油售价相对低廉的自助式加油站的抬头而产生的，是站长想出来的防
止顾客流失的营销策略。站长的经营方针，除了提高汽油以外的商品

的单价和提高购买频率之外，最重要的好像是提供其他地方没有的服务。"只想着眼前的销售额的话，最终都会失败。"面对社会上加油站自助化的推进，不改变自己加油站的运营模式，还能做到生意兴隆的四十岁的经营者如是说。

卡车在交通信号灯前停了下来。

"喂，冈部，快看，那是什么？"胜矢指着眼前的斑马线。我的视线顺着他的手指望去，只见，一个推着婴儿车的女人，正在从左往右穿越人行横道。好像在哪里见过她，她是最近经常出现在这附近的，那个行为举止怪异的名人。

围巾把整个脸都遮住了。年龄不详。有种怪异的氛围。

"贝比女士。"她的名字——这是一起打工的一位年龄跟我相仿的朋友告诉我的，我喊出了这个名字。

"什么啊？"

"听着像外号似的。比起这个，你看那个婴儿车的里面。"

胜矢眯起眼睛。

"那是什么啊？"

婴儿车的里面并不是婴儿，而是一个人偶。这也正是贝比女士被大家认为怪异的原因。贝比女士的怪异行为，打工的朋友也告诉我了。

"虽然还只是传言吧，贝比女士以前好像丧过子，接受不了那个现实，所以她现在才会在婴儿车里放人偶，把它当作是自己的孩子。"打工的朋友这样告诉我。最后，他还加了一句"只是传言啊"。我听到那个故事的时候，身上一阵发冷。觉得这是个悲伤的故事，也感受到了恐怖。

把打工朋友的话告诉给胜矢，胜矢说了一声"啊"，视线追着婴儿车移动着。

贝比女士马上就要到马路对面了。从视线的左侧，闯进了三个骑着自行车的身影，看起来像是小学高年级的少年们。有一瞬间，他们想要把贝比女士包围住。不过，在贝比女士的脚边扔了个东西之后，就马上蹬着自行车溜了。

"喂，危险啊！"胜矢刚这样说着，就听见了接连的爆炸声。虽然卡车的窗户是关着的，但是也能听到传来的剧烈响声，能感觉到空气在摇晃。是爆竹，那群小学生把点着了的爆竹，扔到了贝比女士的脚边。贝比女士瞬间躲开了爆竹，双手捂住耳朵，蹲在路上。走在人行横道和游步道上的行人们，似乎都在想着"到底发生什么了"，一齐把目光移向那里。终归只是旁观者而已。在他们之中，有停下脚步的，也有走近婴儿车的。莫非是发现婴儿车里放的是人偶了吧，他们脸上的表情就像是看到了什么不该看的东西一样。然后，装作什么事都没发生一样地走了。贝比女士站了起来，走到了人行横道的对面。由于脸上缠着围巾，所以看不出她的表情。不过，她一定是受到惊吓了。

人行横道的信号灯变成了红色。正面的信号变成绿色，周围等候的车辆，都像没事一样，再次启动。卡车也缓慢地出发了。

"最近，小学生越来越胡闹了啊，简直不像话。"胜矢的语气有些愤怒，"不过，比起这个，贝比女士确实有点儿'问题'啊。"

胜矢好像有些在意刚才发生的这件事。

"没问题的人，才是少数啊。"

努力忍住到目前为止的事情给我带来的动摇，我沉着地说道。

*

卡车走了一会儿之后，胜矢突然发话了。

"话说，昨天，那位美女现身了吗？"

他微微地动了一下从方向盘左侧伸出的换挡器。

"美女"这个词，让我的意识一下子切换了过来。我对于没能遵守胜矢之前跟我说的"绝对不要和她深交"这句话深感愧疚，一时之间，不知道该如何回答他。

与此同时，我想起了今天从家里出来之前发生的事情。

睁开眼已经是早上九点多了。伴着强烈的起床气，甜蜜的一天就这样开始了。被自己体温的热气热醒，在一片蒙眬之中，我意识到自己昨晚睡在了睡袋里。感觉像是被裹着锡箔纸扔进了烤箱。从睡袋里爬出来的时候，短袖早已被汗水浸湿，紧紧地黏在身上，就像是被一桶水从头顶浇了下来一样，全身都湿透了。看到我这副狼狈的样子，已经起来了的华子大声地笑着。

华子指着桌子说："快去洗澡，洗完澡好吃早饭。"我看了一眼矮桌，发现早餐已经被准备好了。炒蛋配烤面包，还有白萝卜和水菜做的沙拉。丰盛的早餐。

先去洗澡。在浴室里最先映入眼帘的，是平常没有见过的洗发水和护发素。我取过橘色的容器，闻了闻气味，是香甜的南国水果的味道。原来如此，之前还以为她喷了香水，看来她身上的香味是来自这个洗发水。

洗完澡后，走到脱衣处，我发现洗面台上立着一支新的红色牙刷。还有，在我平时用的白色毛巾旁，挂着一条从未见过的装饰着刺绣图案的粉色毛巾。和女性同居的男性房间，原来是这种样子的啊。我在心里自言自语。

回到房间，一起吃她亲手制作的早餐。

"我未经你的允许用了厨房，没关系吧？"

"冰箱里面几乎什么都没有。"

"我醒来得早，就出去买了东西回来。"

"你还特地出去买东西了？"

"这是对你让我住在这里的回礼。"有来有往。

我说"好吃"，华子紧接着又说了一遍"因为这是对你让我住在这里的回礼"。从她的表情里，能看出一丝开心的样子。

吃完早饭，准备好去学校要带的东西之后，为了周六借车的安排，我试着给车站前的租车行打了电话。问了两家租车行，但是都说已经没有可出租的车了。华子有些担心，说了一句"还能租到吗"。我跟她说等我上完课之后，再去别的租车行问问看。

正要出门的时候，华子叫住了我。

"你今天几点回来？"

我把上课、写报告、打工的行程以及回家的时间告诉了她。

　　"我把钥匙先留给你。你出门的时候，记得把钥匙塞进邮箱。"说完，我把家钥匙从钥匙链上取了下来，递给了华子。

　　华子拿过钥匙，说道："能不能不要再对我用敬语了？"一瞬间我还有些困惑，但是立刻深深地点了一下头。

　　"那，我去去就回啊。"我试着对华子这样说。她不自然地笑了。关上门之后，我有些不敢相信，为什么我会突然有了女朋友，而且还在和她同居。等我反应过来的时候，我发现自己心脏的温度已经上升了。起床气相当严重但是又很甜美的早晨。现在，我的心脏也还很热，而且，华子的面容时不时地会浮现在我的眼前。

　　　*

　　卡车在红灯前停了下来，胜矢把挡位调到了低速挡。

　　"她出现了。而且还住在了我家。"我面朝胜矢说道。随着回想起早上的记忆，对于没有听从胜矢之前的劝言的愧疚感，已经消失得无影无踪了。现在的我，非常想和别人分享这件事情。

　　"住在你家？你是开玩笑的吧？"

　　看到胜矢惊讶的表情，我在心里感到一丝窃喜。

　　"中途发生了很多事情，后来她就住下了。"

　　"你无视了我的忠告啊。"胜矢看起来像是有些嫉妒。美女住在自己家里，不论是哪个男的，肯定都会羡慕的。我小声地嘟哝了一句"不好意思"。

"但是，我不觉得她是胜矢你之前说的那种坏女人。"

我答应带她去看星星之后，她脸上露出的笑容，非但感觉不到任何的恶意，倒不如说是满满的天真与无邪。

"愚蠢。"胜矢夸张地长叹了一口气，"你觉得骗子会在自己的身上贴一个写着'我是坏人'的标签吗？"

"应该不会吧。"

"是吧。"

"但是，好人也不会在自己的身上贴'我是好人'的标签啊。"我强词夺理地说。

"一点儿都不好笑。"胜矢说。

信号灯变了颜色，胜矢急忙拨动了挡位。车体狠狠地摇晃了一下。起步的时候，加速是关键。他好像这么说了一句。周围的车和建筑物被卡车逐渐甩向身后。

"难道说，你小子……"胜矢瞥了我一眼。我理解了他的视线所传达的意思。

"我什么也没做。"

"真的？你肯定多少干了些什么吧。"他一脸难以置信的表情。

"我说了没有。"

"和美女共度一晚，却什么都不干。你果然是草食系的浪漫主义者啊。"

"我不是啊。"我立刻否定道，"首先，我就没和她一起睡。"

"啊，是吗？"胜矢又朝我瞥了一眼。

"我睡在她带来的睡袋里，她睡在我的床上。我们没有一起睡。多亏了那个睡袋，早上醒来的时候，我出了一身的汗。"

"她让你睡睡袋？在家里？而且是你家里？"

胜矢笑出了声。

"那个女人，果然是个恶女啊。"

*

到达目的地的时候，夜幕已经悄然降临。在一栋有着气派大门的红砖小楼前，按了一下门旁的对讲系统的按钮之后，一位身穿花格子衬衫、身材匀称的男性走了出来。他的五官很立体，可能是平时喜欢打高尔夫的缘故吧，皮肤是小麦色的。他看起来四十岁出头的样子，和站长的年龄相仿。

他的家里传来了小型犬的叫声。车库里停着两辆方向盘在左侧的高级进口车，一辆体型偏大的银色轿车，一辆车身圆滚的黄色轿车。车子的旁边，有一辆带着辅助轮的儿童自行车。不论是谁，都会觉得这是一个幸福家庭所拥有的画面。

"就是它，拜托了。"男人冷淡地说。递过钥匙之后，他扭头就回屋。和无法给自己带来利益的人，用最低限度的社交即可。他应该是这种类型的人。要洗的车有两辆。我开那辆大一些的高级轿车，胜矢开着那辆圆滚的高级轿车，我们就这样返回加油站。

钻进车里的时候，立刻闻到了高级皮革的气味。转了一下挂着高级品牌的钥匙链的车钥匙，银色的车体缓缓地起步了。

起步的时候，半天没找到大灯的开关。在十字路口拐弯的时候想要打转向灯，却误打了雨刷器。虽然不太习惯开外国车，但还是勉强开回了加油站。

手里握着满是泡沫的海绵，我和胜矢开始洗车。水管的水，时不时地会飞溅到脸颊上，那种感觉真是太舒服了。站长一人留在事务所里，一边吞云吐雾，一边敲打计算器。要是放在平时的话，这个时候他早就回家了。但是在交车的时候，他就得留在店里看门，暂时还不能回家。

在外面完成洗车之后，又进行了车内清扫、引擎盖检查和打蜡。大概用了一个小时。现在可以准备交车去了。

再次到达顾客家里的时候，已经过了晚上九点。窗户透着家里的微光。我把车停进车库，按响了对讲系统的按钮。过了一会儿，中年男子出现了。"让您久等了。"他回了一句"辛苦了"，把洗车的钱交给了我。然后，他冷冷地说了一句"去喝罐咖啡吧"，往我的手里塞了一张一千日元的纸钞。我想着"晚上喝咖啡，还睡不睡觉了啊"，深深地向他鞠了一躬，然后转身离开了。他的家里，果然有小型犬的叫声。从尖锐的声音来看，估计是只博美犬吧。我这样猜测。

正在我往卡车里钻的时候，因为胜矢说了一句"交换"，于是回程就由我来开了。途中，我在靠近加油站的便利店前停车，用那张一千日元买了三人份的咖啡，留在加油站的站长、胜矢还有我的。找的零钱，我和胜矢对半分了。

从便利店的停车场刚要把车开出来的时候，胜矢说："喂，冈部，你看，那是什么？"他用手指着停车场旁边的公寓的二层。我心里想着"这次又怎么了"，把目光移了过去。公寓房间的门前，有一个像是小学生的男孩坐在那里。

"像是个小孩子啊。"

"现在流行这个吗？坐在门前。"

胜矢打开卡车的车门，下了车，向着公寓的方向走去。我也赶紧把车重新停好，下车去追胜矢。爬上楼梯，来到门前。

那个少年双手抱膝坐着。我们站在他的旁边，他也只是盯着同一个地方看。

"你在干什么？"

完全无法理解眼前的异样光景，他大概是住在这个房间的孩子吧。"你是在等送报纸的人来吗？"胜矢蹲下身子，向他搭话。

有可能胜矢是想听他吐槽一句"都这个时间了，怎么可能"，才故意这么问的。少年还是没有回话，依旧盯着那里。

"你的家人呢？"我也把腰弯了下去，看着他的脸说道。少年就像是什么都没听见一样，纹丝不动，两眼放空。

"虽然我不知道你有什么理由，但是，还是进到家里吧。"笔直刘海下面的那双瞳孔，感觉不到作为少年本来应该具有的光辉。我站了起来，试着拉了一下门。门没有上锁。从缝隙中看去，房间里面一片漆黑，家里没有一个人。

"我在等……"少年总算开口了。声音非常小。

"谁？"我紧接着问道。错过了时机的话，他恐怕就又会像贝壳一样闭口不言了。我这样担心着。

"妈妈。"少年的声音，小得就像是会被风吹断的细细的蜘蛛丝。

"妈妈是去工作了吗？什么时候回来？"我继续问。

但是，少年没再开口。后来问他的年龄和名字，他也完全不回话。

"晚上冷，在这里待着会感冒的。"胜矢把手放在男孩的肩上。男孩一下子甩开了胜矢的手。那一瞬间，捕捉到的男孩的视线，就像是被冻住了一样冰冷。胜矢起身，叹了一口气。"没办法，咱们走吧。"说着，胜矢从刚才上来的楼梯下了楼。

"晚安。那，我们走了。你一会儿记得进屋啊。"说完，我也追在胜矢的身后走了。

"就这样让他在外面，好吗？"

"又不是迷路的孩子，应该没什么大事。而且房间的门也没上锁。他那个态度，我也真是没辙了。他的父母也会很快回去的吧。"

我们再次坐进卡车，把车从便利店的停车场开走了。

比起之前取车的时候，路上的车流量明显少了很多。为了释放心里的不痛快，我踩足了油门。卡车在路上飞驰，人行道上偶尔出现几个提着塑料袋的年轻人，街上非常安静。

话题又回到了华子。

"对了，冈部，那个女人现在还在你家里吧？"昏暗的车里，在对面来往车辆的大灯的照射下，胜矢的侧脸若隐若现。

"嗯。估计是吧。她好像还要再住一阵子。"

"等你回家之后，你家里值钱的东西，还有那个女人，就都没了。"胜矢又发出了他极具特色的"哼哼哼"的笑声。

"我看起来像是那么有钱的人吗？"我之前这样问过华子，她说看不出来。我不禁想起了这个对话。

"这么说也是。你房间里确实没什么东西，而且那间公寓又很破。"

"因为我还是个学生啊。"我把下巴向前突了突。

毕竟她带了那么多的行李，很难想象她会突然消失不见。

"可真是个谜啊，她到底是出于什么目的的呢？"胜矢说完，我想起了和华子约定好的"带她去看星星和电影"。

对话中止了。

我犹豫了，不知道是否应该告诉胜矢我和华子之间的约定。如果告诉了他的话，胜矢一定会说要跟我一起去。要是这样的话，就不是和华子的单独约会了。而且，胜矢还会立刻察觉我对华子的特殊感情，肯定会确信我已经喜欢上华子了。华子的面容浮现在我的眼前，心脏的温度又上升了。我想起了胜矢说过的"美女可畏"，想要驱散眼前华子的样子，但是没能办到。

"怎么啦？"胜矢注意到了尴尬的气氛。

"没，没什么。"

"你是有什么瞒着我呢吧？"

"我没有瞒你啊。"

"你小子，肯定是想隐瞒些什么吧？"

"我，我真的没有那个意思。"我支支吾吾地说。胜矢一脸不满地嘟起了嘴。

"对了，你刚才说'发生了好多事情'之后，她才住下的。到底是些什么事啊？"

"很多事情。"

"哼。"

"怎么了啊？"

"话说，那个女人真的是美女吗？"

"真的是美女。"

"我不信。她其实是丑八怪吧。"

"我都说她是美女了。"

"真的啊？"

胜矢一直在怀疑。他看起来像是在羡慕我，仿佛是在说"美女怎么可能会去你小子家里住"。

"你到底想说什么？"

*

到了关店时间，做好闭店工作之后，我和平常一样，骑着自行车回家了。爬上公寓前的坡道，看到了一辆白色轿车。有一位身穿连衣裤的飞机头发型的男子，靠在车旁。我从他的身边骑过，把自行车停在了停车场。

"你可真慢啊。"胜矢向我走来。

　　"我可是骑自行车,这也是没办法的事啊。"我一边调整呼吸,一边说道。

　　交车之后,在回加油站的路上,胜矢很是烦人,一直问个不停。美女会只身一人住在素不相识的男人的家里吗?果然,那个女人不是美女吧?一直在不停地重复"美女"这个词。他刚才的样子,可不像之前在大学食堂的时候,对美女的定义侃侃而谈的那个胜矢。回过神的时候,我发现自己也真的生气了,回了他一句"不信的话,你自己来看"。

　　我也想向他证明华子是美女。谁见了都会觉得她是美女的。我有这种信心。还有,我想听到从胜矢嘴里说出的她是美女。

　　"要是一会儿发现她不在家的话,那可就对不住了。"我姑且先给他道了个歉。昨天还千方百计地想让华子回去,为何现在我却希望她在家。真是不可思议。

　　"不是,她在呢吧。你房间的灯亮着呢,空调的室外机也在转着。"胜矢指了指二层最边上的那个房间。但是,从这里其实是看不到我房间的窗户的。大概胜矢是提前到了之后,绕着公寓转了一圈,确认了我房间的亮灯状况吧。

　　"你还真把自己当侦探了啊。"我说着,胜矢开心地笑了。

　　"我从小的梦想,就是成为侦探。"

　　"七夕节的时候,你写诗笺吗?"我开玩笑说。"啊,我每年都写。"胜矢的表情看起来很认真。

　　二人一起上楼梯。比平时要响亮得多的脚步声。爬上二楼,站在油漆斑驳的露着铁灰色的门前。

"看到她的脸之后，就请你马上回去啊。"

"我知道啦。"胜矢在自己的面前竖起了大拇指。

我转动门把手，像是没有锁门的样子，门一下子被拉开了。

我不禁屏住呼吸。

马上把拉开的门又给关上了。

看了一眼隔壁门前放着的花盆，确认了自己没弄错房间。胜矢问"怎么了"，我回他道"没事"。

再次把门打开。脱鞋之后，走到厨房区域。

橱柜里放着从未见过的马克杯和餐具，厨房地毯变成了粉色的。炒锅和热水壶也不是我之前用的了。

望向房间深处，屋里的样子完全变了。以前放在房间正中间的矮桌，被换成了大饭桌。不仅如此，其他地方也发生了变化。被罩的颜色被换成了深粉色，在它上面盖着的一张浅粉色的绒毯。床上横躺着一个黑猫的毛绒玩具。还有，抽屉上面摆着一个印有小熊图案的台历和女性用的小物件。

"这，这究竟是怎么回事？"

在我的周围，有太多无法理解的东西。眼花缭乱，看得我都快晕倒了。我双手抱头，走进房间。在饭桌的旁边，华子拿着蔬菜沙拉的碗站在那里。

"啊，你回来啦。我猜你也快回来了呢。"

华子把碗放在餐桌上。在那张能坐四个人的大饭桌上，放着两份配有炸薯条和胡萝卜的汉堡排。"我看超市的猪肉馅特价，就买回来做了汉堡排。你不喜欢汉堡排吗？"

"不是，我……"受到的冲击太过强烈，我一时说不出话来。

"什么啊，这么像女生的房间。"胜矢走进房间之后，表现得非常惊讶。"你小子，难道是……"胜矢直直地看向了我这里。

"穆谢？"

我已经精疲力竭，没有力气回答了。

*

"我叫弟弟过来帮我来着。因为我一个人搬不动这么沉的桌子。"

坐在大饭桌对面的华子这样说。胜矢坐在我右侧的椅子上吃完了汉堡排，用手拍着肚子。华子在注意到胜矢这个突然来访者之后，赶紧又做了第三份的汉堡排，准备好了三人的晚餐。我问她为什么改变了室内的样子，她说："被罩脏了，所以我想换了它。从我家里拿的时候，就顺便又拿了好多别的东西过来。"她好像还把自己的衣服也拿了过来，塞进了壁柜。那个矮桌，还有其他用不上的物件，她好像交由弟弟处置了。弟弟全程都帮了她。看来华子的弟弟对她很忠诚。我有些同情她的弟弟了。顺便说一下，床上躺着的那只"黑猫"的名字，好像叫"锅巴"。

"冈部，你可真行，有个做料理和收拾屋子都这么在行的女朋友。"胜矢"咯咯"地嘲笑我。

"不是女朋友啊。你别乱开玩笑，说得好像我这么告诉过你似的。"

"哎？你没这么说过吗？"胜矢不怀好意地笑着。我看了一眼华子，华子也在笑。怎么看她都不像是把胜矢开的玩笑信以为真，所以我也就安心了。

"擅长料理，你倒是说对了。"华子做的料理真的很好吃，我试着夸赞道。

"是吧？今天的汉堡排，里面加了豆腐呢。这样做的汉堡排会更加松软。还有，放入切碎的大蒜也是很关键的一点。"华子看起来很兴奋，晃动着食指，开心地介绍着。

"你真的很擅长料理呢。"

"算不上糟糕罢了。其实，这道汉堡排是我打工的地方的人气菜品。"

"你有在打工？"

"嗯，怎么？不行啊？"华子笑道。

"当然不是不行。在哪家店？"

"车站后面的咖啡店。"

"这样啊。"又多了解了华子一些。莫非华子以前就住在这附近，或者说她是因为来这边打工，所以才知道了我吧。不过，她来见我的目的，我还是一无所知。

"今天你休息？"

"嗯，今天休息。"华子露出了洁白的牙齿，"周六也是呢。"说着，她用食指指了指我和她之间。

　　我急忙咳嗽了一声，瞥了胜矢一眼。胜矢一边摸着肚子，一边放眼望着充满女性元素的房间。看来，他没有注意到华子说的那句有如释放的信号般的"周六也是呢"。我的心里顿时感到踏实了不少。

　　"你还好吧？"华子担心我的咳嗽，于是我装作喉咙有异物的样子，虽然根本不想喝，但还是一口气把茶给喝完了。

　　"话说回来……"

　　我被胜矢突然开口的行为吓了一跳，自然也就被食物给呛到了。

　　"果然和传闻中说的一样，真是个美女啊。"胜矢微微点头道。他突然这样说，我感到有些不解。

　　"我居然有这样的传闻？"华子双手捧着脸颊，故意摆出娇羞的表情。看来她已经很习惯被这样评价了。

　　"嗯，像夕阳一样美丽。"胜矢继续说着只有我才能明白的台词。

　　"虽然我不是很懂你的意思，不过，还是谢谢啦。"华子流畅地接过了话。

　　"对吧，冈部，像夕阳一样。"胜矢突然把话甩向了我。我不安地说了一句"她眼睛的颜色非常漂亮"，才算把他的话给应付过去了。

　　"是呢。"胜矢对此没什么兴趣，草草地答应了一声。

　　"我可是'狼眼'呢。"华子把原本就很大的眼睛睁得更开了。在荧光灯的照射下，她的瞳孔上映出的彩虹的色彩也更加鲜艳了。

　　"狼的眼睛？"我说。

　　"狼的眼睛里，好像有很多黄色素，所以才有了'狼眼'这种叫法。我在小的时候，经常被这样说，特别是被男生这样说。"

"男孩就是这样一种生物啊。这么说你的人应该是喜欢你吧。挑逗喜欢的姑娘，就像得了荨麻疹一样。每个男孩子都会得这种'病'的。"

"我喜欢温柔的男生。"

试着想象小时候的华子。她肯定是个被很多男生挑逗的可爱小姑娘。

"对了，冈部，你这周六要去干什么？"胜矢突然问道。

我一时语塞，感到心里一颤。

"去大学写报告，就是之前那个没写完的报告。可能要赶不上提交的截止日期了。"我急忙编了个谎话。那份报告其实已经写完了，而且我也交了。华子总算是注意到了我在对胜矢隐瞒周六的安排，没有说话。我今天以这个理由跟站长说要换班的时候，胜矢也听到了。他紧接着又开始提问。

"你小子突然调班，可真是少见啊。"

"不是，那个报告实在是太难写了。而且站长之前也说过，周六那天出勤的人多，可以请假的……"

胜矢察觉出了我之前在卡车里隐瞒了他。而且，他并没有听漏了华子刚才说的那句"周六也是呢"。我当时的举动，是不是也被他注意到了呢？没错，胜矢一定应该是在怀疑我刚才的举动。

"那，到时候一起吃午饭吧。"

我完全说不出话，看来是躲不过去了。算了，老实交代吧。我这样想道。

胜矢的脸上露出了窃笑。

"其实，我那天要去看星星。白天去看电影，已经和华子约好了。"

"嗯，是我拜托他的。"

"冈部可真是不会编瞎话啊。"

"对不起。"我又道了一次歉。我想着说要不让胜矢也跟着一起来。但是，就在下一刻，从胜矢嘴里说出的话，完全出乎了我的预料。

"那，我把车借给你吧。"

真是太意外的一句话了。

"你那是什么表情？你不是没有车嘛。喂，冈部，难道你要走着去看星星啊？"

"不是，我想着说去租一辆车就好。"

"你已经租好了？"

"不，还没。"

"肯定不行。"

"什么不行？"

"租不到车子的。"

"为什么啊？"

"你小子，没看新闻吗？周六那天，好多人都要去看星星呢。而且又是周六，很多车早就被预定了。所以，你现在根本是租不到的。"

我看了一眼华子。

"那天流星雨会来。"华子笑着说，"相当大的规模。"

原来是这么回事啊，我知道了。现在又是很多人会租车去海边或者野外烧烤的季节，所以租车行的库存确实会非常紧缺。而且，又和流星雨到来的时间节点重合了，没有库存也不无道理。今天白天，我趁着课间休息，给车站前的几家租车行打了电话，但是每家都说周六晚上没有车了。作为最终的办法，我想着实在不行的话，就去邻市租车。现在看来，邻市估计也没有了吧。华子原来是冲着流星雨才特意选的那天啊。对于自己的迟钝，我只剩苦笑。

"别再想租车的事了，我借给你。周五晚上到周日的中午，你拿去随便用。"

"太好了，有车子啦。"华子开心地笑着。

*

从屋里出来，把胜矢送到车前。伴着路灯昏暗的灯光，我和他在车前站住了。

"华子暗示我的时候，你注意到了吧？"

"什么啊？"胜矢揣着明白装糊涂，后背靠在了车上。

"周六的安排啊。"

"啊，是这个啊。注意是注意到了，不过，我之所以起了疑心，是其他的理由。"

"其他，是……"

"在你的屋子里，抽屉上放着的那个台历。"

我想起了桌子上摆着的那个第一次见的台历。

"那个台历有什么问题吗？"我问道。胜矢叹了一口气。

"你没发现吗？台历上，在这周六的那天，被画了一个大大的星星啊。"胜矢指了指天上，"不过，我没想到她是真的要去看星星。"

"原来如此。"我虽然注意到了台历，但是没看得那么仔细。应该是华子画的吧。

"还有，你小子。"胜矢的视线朝向了我。

"怎么了吗？"

"你小子，是不是有点儿喜欢那个女人了啊。"

听了他的话，我慌了。

"为什么啊？怎么可能喜欢上了呢？这么短的时间。"被猜中了心思，我有些动摇了。心脏的温度又升高了。不知道浮现了多少次的华子的脸。不想被胜矢打搅，想单独和华子去看星星。陶醉于像是有了恋人一样的喜悦之中的我，很明显对华子抱有了好感。

胜矢说了一句"这样啊"，起身朝我走了过来。

"总之，冈部，你还不知道那个女人有什么企图吧。所以，我才会假装迎合了她的作战计划。"

"昨天我不是跟你说过不要再接近她了吗？"

"傻小子，是不是你又把她给招到家里来了？居然无视我的忠告。这样的话，我也只好去试探了她。"

"我觉得她并没有什么企图，她只是想去看流星雨和电影罢了。拜托我带她去看星星和电影，这就是她的目的。"我刚说完，胜矢马上回了一句"你太天真了"。

"她一定还有别的真正的目的。星星和电影，是实现她真正目的的手段。"

"真正的目的？"

"是的，她肯定有什么别的企图。"

他的话，一下子让我变得很不安。

"难道说，她，她想杀了我？"

胜矢笑了。

"你傻啊，要真是这样的话，她应该在昨天晚上就动手了。把你那挂满了汗珠的脑袋……"胜矢笑着说，"而且，在我的脸已经暴露了的这个时间节点，她是不会在周六杀你的。明明已经告知了她那天会和你在一起。"

"我不知道啊。如果她是个非常大胆的杀人魔的话……"

"她不像是会做出大胆行动的人。"

"你为什么这样觉得？"

"你房间里有个大行李箱，那是她的吧？"我回答"是的"。

"那上面有两个三位数的密码锁。用这种东西的，是相当谨慎的人。如果不是这样的话，她很有可能就是个怪装癖，比如说行李箱里放了很羞耻的内衣什么的。"

原来如此。那个行李箱的保护措施确实很严密。这样想着的同时，也惊讶于胜矢惊人的洞察力。他的侦探梦，看来不是瞎编的。

"希望她是你说的后者吧。"

"现在相信她，为时尚早。所以说，才要对她的企图逐一试探。如果你觉得有麻烦了，我任何时候都可以帮你。"

我做了个笑脸。

"像是名侦探的台词呢。"

"是吧！"胜矢严肃地答道。

胜矢说"那我走了"，启动了车子。看见尾灯下了坡，车子像水流一样，行驶在弯曲的路面上。

华子的真正目的。想着这句话，突然，我心里掠过一阵不安。可以相信华子吗？还是说，相信胜矢说的，怀疑华子会比较好一些？脑子里面就像是一团乱麻。

爬上公寓的楼梯。站在开放式走廊的门前，抬头望向夜空。天空就像是被云做的面纱给遮住了一样，一颗星星都看不到。和天气预报说的一样啊。

五　　　カササギの計略

翌日，吃完早饭，在钟表的时针指向十点的时候，我出了门。开门的一瞬间，耀眼的阳光和刺耳的蝉鸣，立刻冲击了我的感官。从停车场取好自行车，我没有骑车下坡，而是朝着平时路线的反方向骑去。在第一个拐角处，我下了车。那里是个阴凉处，不是很晒。我跟华子说的是今天我要去学校，但是最终还是没去。

从现在这个位置，正好可以望到我住的公寓。今天，到打工开始之前，我要监视华子的行动。监视女性的举动，这让我有了一种自己像是跟踪狂的心虚感。但是，为了打探华子究竟是不是一个值得相信的人，我这么做也是没有办法的事情。我想开了。吃早饭的时候，我询问了她今天的行程。她说，她今天要去车站后面的咖啡店打工。不过，要是她不是去打工而是去做其他事情的话……看来还是不要相信她好一些吧。

等待了三十分钟，房间的门被打开，华子出来了。今天她穿的是牛仔裤配白 T 恤。下楼梯，走上马路之后，下了坡道。我也保持好间距，推着自行车跟在她的身后。以防她突然扭头看到我，我一边躲在路上电线杆的后面，一边尾随她。华子沿着马路走向车站。

到了车站之后，穿过地下通道，走向车站的背面。华子走进了车站附近的商店街，我还是保持好距离，跟在她的身后。路过房产中介、花店、面包店、牙科诊所，往商店街的深处走去。华子走进了一个有着巨大落地窗的巴黎公寓风格的白色建筑。建筑的一层，就是她熟悉的那家别致的咖啡店。确认华子在咖啡店里。她对男性店员打了招呼之后，消失在了店的深处。

店前有一条能容两车交会的路。我穿过这条路，藏进了对面的建筑里。过了大约五分钟，梳着马尾，套着米色围裙的华子出现在了店里。她一边擦着桌子，一边笑着和男性店员聊天。她今天在吃早饭时说的安排，看起来确实像是真的。坐在窗边座椅上的四十岁左右的妇人，正一边吸着咖啡，一边享受着手里的书籍。

在正午的时间，店里的男性工薪族和学生的身影非常醒目。他们之中不论是谁，都在偷瞄着华子，时不时发出窃笑声。很显然，他们都是冲着华子来的。还有的人故意跟华子搭话，我看到这一幕还挺生气的。连我都被自己的生气给吓了一跳。看来我真的成了跟踪狂。

对自己的跟踪行为抱有罪恶感的同时，却又在店前监视着华子。气温不断升高，汗水浸透的衣服贴着皮肤。

下午两点刚过，打完工的华子从咖啡店里出来了。还是走来时的那条路，穿过地下通道来到车站前，华子走进了检票口。

她要去哪里？抱着疑问的我，急忙把自行车停在车站前，跟着进了检票口。华子急匆匆地爬上了楼梯。看样子电车应该到站了。如果不能跟她一起上车的话，肯定就跟丢了。我这样想着，急忙从对面的楼梯也往上爬，从与她相隔两个车厢的站台处，钻进了电车。

电车里的空调冷却了我的汗水，体温一下子降了下来。我慢慢地向华子所在的车厢移动。

华子站在车门前，一边划着手机，一边调整着呼吸。我也学她调整了呼吸。

华子到底是要去哪儿呢？

她之前说今天只有打工的安排。难道说，她是去见男朋友吗？我又按照跟踪狂的逻辑开始思考了。

在我还想着的时候，华子下了车。只坐了一站。我打好时间差，也下了车。保持一定的距离，接着跟踪她。看了一眼手表，发现快到打工的时间了。她要是再走远一些，我就必须得返回了。

一边注意着时间，一边跟着她。

出了检票口。车站前，有一位手拿文件夹，正在发着问卷的女性满面笑容地走近华子。华子微微点头示意，快步从她身边走过。她加快了脚步。"不好意思，百忙之中打扰您一下——"我知道自己现在很着急，但是被人叫住之后，不自觉地就停下了脚步。"这是大学老师留给我们的课后作业，消费者在购买商品的时候——"最后，我拿起她递给我的笔，填完了问卷。我真是恨我自己这个性格。填完问卷，抬起头，华子的身影已经不见了。凝视着她走远的方向，发现远处有一个白 T 恤配着牛仔裤的身影。我赶忙跑了过去。

总算快追上在红灯处的人行横道那里停下脚步的华子了。我松了口气，没再继续奔跑，而是慢慢地走着。继续这样直行的话，肯定会和华子碰上的。于是，我假装在附近的自动贩卖机买饮料。估计好信号灯变换的时间，移回了视线。华子的身边站着一位男性，她在和他说话。这个短发高个子、长相清秀的男子是她男朋友吗？我预想的难道是对的？这样想着的时候，男子一脸沮丧地从华子身边走开了。怎么看都像是搭讪失败的样子。这样想着，我的心里也舒服了一些。

信号灯变成绿色，华子继续出发。走在离车站有一段距离的四车道的大马路上。等间隔的行道树，每一棵上面都能听到刺耳的蝉鸣。她到底是要去哪里？又走了一阵，我低头看了一眼表。考虑到这里和打工地的距离，留给我的时间已经不多了。

往回走还是说跟加油站说一下自己会迟到一会儿？正在我犹豫的时候，华子走进了一处被灰色围墙围住的有着大型停车场的院子。院子里面有一栋漂亮的白色建筑。站在入口处的保安，引导着进出的车辆。我呆呆地站在围墙前，感觉鞋底像是陷进了地面。这里是综合病院。

*

天空被厚厚的黑云覆盖，看不见一颗星。抬头望向丝毫没有移动迹象的云，华子的表情也是"阴天"。好像有水滴坠到了我的鼻尖，一滴，两滴……下雨了。没过多久，雨越下越大。雨滴敲打着周围的树的叶子。站在我身边的华子，小声说道："你是不是跟踪我来着？"华子的脸渐渐地被雨水浸湿。我想蒙混过关，说了一句"怎么会"。为了避雨，我赶紧寻找停在附近的车子。但是不知道为什么，怎么都找不到车子。移回视线的时候，华子的身影已经消失了。取而代之的是，胜矢出现在了我的面前。

"你小子，到底是相信我，还是相信华子？！"被胜矢叱责之后，我睁开了眼睛。说得严谨一些，是被叫醒了。

"冈部君，你还好吧？"

眼前是华子的脸。长发垂在脸颊的两边，她看起来相当担心我。

我眨着眼睛，坐了起来。自从大汗淋漓的那个早晨以后，我就没再进睡袋睡过，而是把睡袋铺在身子底下，睡在它的上面。

"怎么了吗？"我问。

"才不是什么怎么了呢，你是不是做噩梦了啊？"华子说。我装作什么事都没有，回答了一句"对不起"。华子看起来安心了，"呼"地叹了一口气。

看了一眼表，已经是正午时分了。急忙望向窗外。外面非常晴朗。

"已经是中午了啊。不好意思，我睡过头了。"今天是约定好的周六。

"我已经准备好了哦。"华子站了起来，转着圈让我看她的打扮。她今天穿的是黑色的 T 恤和紧身牛仔裤。这么普通的衣服，华子穿上之后，就像时尚杂志的模特一样。在还没有完全清醒的状态下，我已经这样认为了。

华子说："来吃早饭吧。"

把目光移向餐桌，上面放着炒蛋和烤面包。

虽然和华子一起生活还只有几天而已，我已经过上了——早上睁开眼，华子在身边，桌子上摆好了早饭。打完工回到家里，能听到亲切的"欢迎回来"的声音，晚饭也已经准备好了。然后，轻松地聊着今天发生的大事小事，直到困意绵绵——这样的生活，真的是太令人感到幸福了。

我出生于一个算不上富裕也算不上贫穷的三口之家，在什么优点都没有的农村长大，上的是普通的公立初中和高中，学习成绩也不是很好。我高中时加入了运动部，在全国高中生运动大会中出过场，但是也没有经历过什么刻骨铭心的恋爱。我曾天真地以为，只要走出农村，就会有改变的。抱着这种不切实际的幻想，凭着这个单纯至极的理由，我离开了家乡，来到了大学。把自己的颓废人生怪罪于养育自己的农村老家，期待着只要进了大学，就会有所改变。但是，到最后，什么变化也没有。在大学里，我没能成为朋友遍地走的那种受欢迎的人，没有交到女朋友，也没有重大学术发现或者发表过论文，更没有发现什么商机进而自主创业成为企业家。我只是似懂非懂地听着大学老师讲课，为了挣生活费而拼命打工罢了。我没什么兴趣爱好，休息日都用来睡觉了。天气好的时候，我也只是在家附近溜达而已。一天，就这样过去了。这样的人生继续下去的话，我应该会进入一个三流企业，拿着平均工资，拼命地当个社畜，盼望早日熬到退休的那一天。我的人生，一眨眼也就这样过去了，孤独终老。两只手就能捞住的无聊的现实与未来。

现在，我双手捧着的，是满满的闪烁着的幸福。我平淡无奇的生活，因为华子的存在而耀眼夺目。我想，人只有在得到真正的幸福的时候，才会知道自己以前的人生是多么的乏味。

——在无人知晓的深山里，某个夜晚，一粒月光坠入人间。随着光之波纹的蔓延，满溢着耀眼光芒的湖泊，就这样出现了。

我学着诗人的样子，把这几天的生活这样比喻。大概，把这个内容告诉胜矢的话，他肯定会骂我"真恶心，你是不是傻啊"的吧。

不过，我还是有放心不下的地方。前天，我跟踪了外出的华子。华子最终走进了邻站的大型医院。她是去探望谁了吗？还是说，华子是有什么病吗？问她那天的安排的时候，她只是说了要去打工而已。她为什么要瞒着我去医院呢？当然，也不能冒昧地去问她。每次想她的时候，我总会回想起她进入医院的样子，觉得心里阴沉沉的。

吃完饭之后，收拾好了东西准备出门。打开门，仰望天空。

"今天真是个好天气呢，多么美的天空呀！"华子说。

夏日里一望无际的湛蓝天空万里无云。太阳的光芒一下子聚在了瞳孔，留在了眼球的最深处。蝉鸣阵阵。

"天气可真好。"

从公寓走到了附近的投币停车场。在自动结算机上完成支付之后，站在从胜矢那里借来的白色小轿车的前面。打开驾驶席的车门。车内的温度很高，简直就像是桑拿房。经常在夏天如此炎热的车内进行清扫，虽说早就习惯了，但是钻进车里的时候，还是犹豫了一下。同样也在副驾驶门前犹豫的华子，拍了一下手，说："啊，对了！"

"打着车子，把空调全部开开。"她做出了指示，"还有，把除了副驾驶之外的窗户，也全都打开。"

我打着车子，按照华子说的做。

"现在关上驾驶席的窗户。"华子又说。

语罢，华子打开副驾驶的门，我以为她是要开门通风，没想到她马上就又把门给关上了。打开，关上……这样来来回回了十次左右。她到底在干什么？

"华子，小姐？"

她的动作看起来像是某种仪式一般，有些吓人。我担心她是不是走火入魔了。"现在可以坐进去了。"华子说着，从副驾驶钻进了车里。我也照她说的坐上了驾驶席。

难以置信，车内的温度真的下降了。虽然还算不上凉爽，但已经不是桑拿房了。干得漂亮。

"太厉害了！"

"我厉害吧？"华子噘着下巴，看向我。

"厉害，厉害。你是怎么知道这个方法的？你没有车子吧？"

"嗯，我没有。"华子就像是被妈妈刚表扬过的孩子一样，露出了灿烂的笑脸，说道，"是弟弟教我的。"

*

行驶在国道上，看到了一座像是未来要塞一样的巨大建筑。满是玻璃的外壁，在太阳光的反射下，闪耀着白光。这是有服装店、餐饮店、电影院等商业设施的大型购物中心。我把车子开向地下停车场。

"这里能看你说的那个电影。"我把车停进了空位。

"好期待。"

"希望是个好电影呀。"

昨天晚上，我问华子想看什么电影，华子说出了一部今天首映的外国电影的名字。好像是她一直想看的电影。我也在杂志和电视上看到过很多次这个名字。

停好车之后，坐电梯上到电影院所在的四层。可能是周六的原因吧，看到了很多来约会的情侣。在周围的情侣当中，即使是手牵着女友的男人们，也都不约而同地把视线锁定在了华子的身上。我也因此比平时多了几分自信，高高地挺起了胸膛。看到那些男性发出的羡慕的眼光，我感到心情十分舒畅。

买好了电影票、爆米花和饮料，距开演还有十分钟我们就进场坐下了。

一边看着预告片，一边等待着电影开演。坐在影院座椅上的华子，一声不吭，只是盯着大屏幕。看起来像是在思考着什么似的。不一会儿，听见了"哔——"的一声。伴随着这突如其来般的有些吓人的警报声，电影开始放映了。

某天，阿兰和艾伦在废墟之中相遇。阿兰救下了被暴徒袭击了的艾伦。在这样的场景中，故事开始了。两百年后的地球，由于臭氧层被破坏，强烈的紫外线开始侵袭地球的表面，罹患"空气感染"这种不治之症的人越来越多。人们都像宇航员那样，戴着特殊的面具，穿着严密的防护服。它们只有在某些特定的场所，才被允许脱掉。吃饭、排尿、排便等生理活动，也都是通过使用引流管这种特殊的方法来完成。

不顾环境破坏和大气污染，最终付出惨痛的代价。这种为人类鸣响丧钟的题材，虽然早已屡见不鲜，但是由于拍摄时所使用的特殊摄影技术、所采用的在沙漠和荒野实地取景等要素，以致画面蔚为大观，成为社会热点话题也就不足为奇了。画面之美也起到了相当积极的作用，我一下子就被这部电影给吸引了。

装在他们面具上的用来阻挡紫外线的厚厚的银色保护罩，其功能类似于单向玻璃。看不见对方面容的这个设定，也是吸引我的理由之一。而且，由于保护罩的厚度，不仅看不见脸，甚至连声音也听不到。人们之间的交流，仅能通过胸前的电光板来进行。这个高科技产品，可以把人的想法即时转换为文字，进而显示在电光板上。

"与你相遇，让我感到了命运。"阿兰说。

"我也是。"艾伦答道。

热恋的情侣们，听不见彼此的声音，触摸不到彼此的身体，更无法亲吻……实在无法忍受这种令人着急难耐的状况，越来越多的人选择脱下面具和防护服。也正因如此，某天，禁止恋爱的法律开始实行了。当然，因为这些人是做好了死的觉悟才脱下面具的，所以法律完全没有起到作用。无计可施的政府，想出了"You will die unless you stop loving——"（不放弃爱的本能，则会丢掉性命。）这个宣传口号，希望用这种带有恐吓性质的标语，唤起人们的注意。但最终也无济于事。

阿兰和艾伦，在废墟尽情地幽会。无法接吻和牵手的二人，通过电光板交流，孕育着属于他们的爱情。双方的成长经历、失去至亲的悲痛、对未来的美好憧憬。二人分享着各自的泪水和欢笑，即使看不见对方，他们之间的羁绊也更加牢固了。

"我很幸福。在动植物逐渐灭绝的这个世界里，幸福还没有死，它还在这个世上。"在电影的中间部分，阿兰说道。

"人类是贪得无厌的生物。能够与相爱之人相遇，共度时光，真的太幸福了。想着为什么我没有和这个人更早地相遇之时，不禁会抱怨命运对自己的捉弄。人类可真是愚蠢的生物。"艾伦说。

"我也是愚蠢的生物。"阿兰说。

"幸运和不幸是相伴相生的。我真的很后悔，后悔那些没有与你相遇的不幸的时光。"艾伦说道。

"我也很后悔，一直。"

"我爱你。"二人的胸前同时发光。

某天，二人从一位旅行者那里，得知了安息之地的存在。传言说，在那里不用穿戴面具和防护服也能活下去。二人下定决心去寻找那个地方。可能会是一场耗时很久的旅行，可能再也回不到这里了，二人做好了抛弃故乡的觉悟。

可是，经过长时间的艰苦跋涉，他们最终还是没能找到安息之地。二人从其他旅行者那里得知，这世上根本就没有什么"安息之地"。拼命寻找的彼岸家园，没想到居然会是一场空，二人无比沮丧。

走投无路的二人，瘫坐在茫茫的荒野。

让人不禁屏住了呼吸的绝美画面。

艾伦胸前的电光板亮了。

"可以亲你吗？"

紧接着，阿兰的电光板也亮了。

"嗯，亲吧。"

二人安静地摘下了各自的面具。

心里感受到了强烈的冲击。

并不是因为他们摘下了保命的面具。阿兰是一位鼻梁高挺的年轻男子，与之相对的，艾伦是一位留着胡须的中年男人，更加让人感到冲击的是，二人什么也没说，默默地接吻了。在这一幕之后，出现了演职员表，电影结束了。

在演职员表滚动的时候，通常都会有一些观众起身离开放映厅。华子还沉浸在电影的余韵之中，在场内灯光变亮之前，她一直没有站起来。

场内变亮之后，华子说了句"走吧"，站了起来，向出口走去。我注意到华子的眼睛有些充血了。

难道说，她哭了？还是说，她刚才睡着了？

不管是哪一种情况，这种不识趣的问题还是不要问为好。我把疑问重新按回了自己的心里。

"很美的电影啊。"虽然内容有些冲击感，但是画面很美，我觉得这是部好电影。她只是回了一声"嗯"，看起来有些无精打采的。

"怎么了？是不是身体不舒服啊？"

"嗯，稍微有一些。我去趟洗手间。"说着，华子向洗手间走去。

她没事吧？我有些担心。是不是电影高潮部分太过刺激了？我开始变得心神不宁。

突然，她走进医院的身影又浮现在了我的眼前。

难道说……心里的不安，压得我有些喘不过气来。她是不是身体的哪里出了问题？如果是很难治好的病的话，该怎么办才好？希望不是这样。我在大脑里对此进行了否定。比起胡乱怀疑，我祈祷她健康平安的心情更加强烈。我坐在洗手间前面的沙发上，努力消除自己的不安。

过了大约十分钟，华子出来了。

"让你久等了，不好意思。"她双手合十，说道。刚才的样子就像是骗人似的，她现在又重新露出了笑容。看见她的笑脸，我也觉得稍微安心一些了。

"没事了吗？"

"没事了。"

"真的没事了吗？"

"你烦不烦啊。比起这个，咱们去下面玩儿吧！"华子指了指自己的脚下。

　　　　　*

来到一层，立刻就听到了嘈杂的电子音和孩子们吵闹的叫嚷声。整个一层都是游戏中心，墙壁和天花板，都被装饰得五颜六色的。这里有很多带着孩子来玩儿的家庭，场面非常热闹。

"玩儿这个吧。"华子指着说。

华子最先选的，是用枪来打显示屏里的僵尸的游戏。

"好啊，来吧。"我投入硬币，选择了双人模式，握住与机器相连的枪。

二人协力打倒僵尸，接连闯过了好几关。要知道，不论是哪个游戏，想要通关都是很难的。果不其然，从中途开始，我和华子就陷入了苦战。先是华子被僵尸咬了，她退出游戏。后来，我也不小心被僵尸给咬了，游戏结束。

"输给僵尸了。"华子懊悔地跺着地面。

"如果不用枪，而是用手扇耳光的话，说不定就能赢了。"我试着开了个她的玩笑。

华子说了句"是呢"，狠狠地瞪着我，"我可以练习一下吗？"说着，她举起了右手。

我急忙向后仰。

　　华子见状，说："害怕了吧？"见她开心地笑了起来，我也马上笑起来。我想起了高中时那场失败的约会。与此同时，我发现自己现在和女性约会的时候，居然一点儿也不紧张。回想这几天的经历，似乎也是如此，明明和女性在一起生活，却根本不觉得紧张。正常交流也完全没有问题。我并不是习惯了和女性相处，也不是下意识里没把华子当作女性。看来，应该是华子直爽的性格拯救了我吧。

　　"下一个，去那里吧！"华子抓着我的手腕，带着我往前走。感受到她的温度的一瞬间，我的内心深处感到了酸味，就像是有莫名的酸性液体涌了上来一样。

　　华子接下来选的是格斗游戏。我输得非常惨。玩儿得起劲的华子，紧接着又开始物色下一个游戏。

　　穿过赛马游戏机和老虎机之间的过道，来到了太鼓达人的面前。华子说："不是它。"

　　继续向前走，她在抓娃娃机的前面停了下来，目不转睛地盯着玻璃箱。

　　我走近她，说："玩儿这个吧？"华子看向了我。

　　"不过，这个看起来不太像是能抓起来呀。"华子有些落寞地说。

　　"不试试的话，不知道呀。"我把硬币投了进去。玻璃的里面，有很多可爱的小狗玩偶。通过按方向按钮，来控制抓娃娃的机械抓手。当抓手移到目标小狗的上面时，我松开了按钮，抓手缓缓地向下，碰到了小狗的身子。

　　"好。"我不禁叫出了声。

"看样子可以。"华子也激动地说着。

但是，抓手只是拨着小狗上移了几厘米，小狗就掉了下去。之后，抓手就像什么都没发生一样，回到了原位。

"可恶，再来一次。"我又投入了硬币，像刚才一样操纵按键。

小狗还是只移动了几厘米。

"再来一次。"孩子气的我，又投了好几次的钱。

途中，看了一眼旁边的华子。只见她双手合十放在胸前，做祈祷状。

我看到华子的表情，陷入了和前女友约会的错觉。心跳又加快了。如果华子真的是我的恋人的话，她是在为我人生的困境和考验而祈祷吗？我的妄想开始膨胀，我觉得只要有了华子的祈祷，不管是多大的困难我都能够克服。"你一定能做到的。"说着这句话的华子，毫无疑问，给了我莫大的勇气。

伴随着游戏机的音乐，我急忙把视线移回了抓手。但是，我心跳的加速已经快到无法控制了。

第七次的时候，总算是抓住了小狗玩偶。小狗掉进了机器下面的凹槽。

"好！"我做了一个胜利的手势，手肘不小心磕到了后面的机器。不过由于太过兴奋，我没怎么感到疼痛。

"太好啦！"华子小跳着，激动地甩着头发。还是熟悉的南国果实的香气。

从取出口拿出小狗玩偶，给了华子。

"让它给锅巴当朋友吧。"

"给我的吗？"她问。我点着头，"嗯"了一声。华子用她那细长而又雪白的双手，紧紧抱住了玩偶，露出孩子般天真灿烂的笑容。看到她的笑脸，我更是感到开心。

我在心里默默地对自己说：胜矢，她绝对不是个坏人。

"冈部君，你喜欢小狗？"华子边走边问。

"嗯，喜欢。"我答道。

"那你养过吗？"华子开心地抱着小狗玩偶。

"嗯，我老家里有养。虽然最近一直没回去，也就没有见过它了。"

"这样啊，真好呀。"

"特别可爱。"我看着华子抱着的玩偶，"话说，这个玩偶好像之前在电视里出现过。"

"哦？原来如此。说不定。"华子说出了在早间新闻里普通人介绍自家宠物狗栏目中经常出现的名言。

我大吃一惊。

"你怎么会知道这个？太厉害了吧！"

她说："我妈妈报名参加了这个节目，是她介绍给我的。她平时很少联系我，那次却特别开心地给我打了电话。"

"是什么品种呀？"

"博美犬，不过不是纯种的。"

"是捡来的吗？"

"嗯，捡来的。在我很小的时候。"

上幼儿园的时候，我和住在附近的小伙伴在桥下发现了它，然后把它带回了家里。

过往的模糊回忆，如断片般浮现。落日余晖，两个少年在河滩玩耍的时候，发现了桥下的纸箱，急忙跑向那里。抱着刚出生没多久的小狗，向家里走去。所有的画面，都像是被半透明的塑料膜遮住了一样，看不真切。和我一起的那个少年是谁？令人感到悲伤的是，埋藏的记忆并没有复苏。

"看来是上了岁数了啊。"

"这样啊。"华子的表情看起来有些阴郁，没什么精神。

"怎么了？没事吧？"我盯着抱着大头比格犬玩偶的华子，担心她的身体是不是不舒服了。华子回道"没事"之后，我还是纠缠不休，直到她像是有些生气地说了句"都说了没事"。

*

打算在国道边上的大型连锁家庭餐厅里吃完晚饭，开车去看星星。进了家庭餐厅，华子又有了精神。吃过意大利面之后，又点了甜点。在家庭餐厅里，见她一直露着笑脸，我暂时放心了。

由四车道的国道变成了双车道，进而又变成了单车道，进入了山间的窄路。除了车的大灯能照亮的范围以外，整个盘山公路就像是不存在的空间一样，一片漆黑。苍郁的森林仿佛完全隐身于黑暗之中。虽然这条路的宽度勉强能让两车交会，但是如果不相互避让的话，还是非常危险的。离心力一会儿向左，一会儿向右，一会儿又变向左侧，像发卡一样的急弯一个接着一个。

不过倒没有迷路。从游戏中心出来，回到车里之后，手机收到了胜矢发来的邮件。"车载导航的推荐地点是设置好了的。那个地方没什么人知道，所以应该也不会堵车。顺便说一句，流星雨的高潮好像是晚上八点到十点之间。"胜矢如此贴心，我差点哭了出来。虽然他平时也有以自我为中心的一面，不过他本质上是一个温柔且会优先考虑别人的人。

车子在山顶处驶离了国道，进入了更加狭窄的山路。完全不像是有人的样子。如果在这里被杀害了的话，估计在短时间之内是很难被发现的吧。我又开始瞎想这些事情。

在勉强能让一辆车通过的路上行驶了一段时间之后，来到了一处空旷之地。地面铺着石子，轮胎在上面摩擦的时候，发出了如烧柴一般的悦耳的噼啪声。在大灯的照射下，前方的杉树和桧柏映入了眼帘。它们向着夜空无尽延伸，看起来就像是守卫圣域的巨人们。位于前方近处的电波塔尖端闪烁着红光，在"巨人们"的守护下，高耸入云。

"到啦。"关上大灯，熄火。胜矢帮我查好的这条路，不仅路上没什么过往的车辆，而且还让我在流星的高潮期顺利到达了目的地。环顾四周，并没有发现其他的观众。真是个人少的好地方。

"不知道能不能看到星星。"华子打开了车门。"能看到。"说着，我也从车里下来。

仰望夜空，无数颗星星闪烁着璀璨的光。如果不仔细观察的话，就没办法辨认出星座，星星像是镂刻在了天体的那一带里。星星们眨着眼睛，忙碌地摇晃着。四周静悄悄的，也听不见来自人的响声，仿佛世界末日就要来临，全世界的人类活动都停止了一般。

在一片安静之中。

"太棒啦！"华子说。

我也不禁喊出"太棒了"。

分不清是梦境还是现实，神秘的世界在头顶延展，感觉像要被吸进那个无重力的空间一样。

就这样站着仰望夜空。过了一段时间之后。

"啊！"华子说。

"流星！"

我也看到了。从右至左，拖着长长的尾巴，划了过去。流星的尾巴在夜空中又残留了一段时间，之后就变淡消失了。

"喂，你看到了吗？当真看到了？刚才那个。"华子兴奋地抓住了我的手腕。我的心跳又开始加快，感到整个胸腔都变热了。

"啊，又来啦！"

"真的哎！"

比刚才那个稍微靠下一些，又稍微大了一些的流星。

在大约十分钟的时间里，看到了五个流星。

"太棒了啊，真的好棒。"华子的声音让人陶醉。

"不愧是流星雨。"

流星频繁地到来，心情也慢慢平复了下来。又过了十分钟，再有流星划过的时候，二人已经没有什么大的反应了。即便是这样，华子还是在看到流星的时候，小声地发出了"啊""哇"的感叹声。

我仰望着星空，深深地呼吸。夏草和南国果实的香气，刺激着我的嗅觉。我的眼睛渐渐地适应了黑暗，她的轮廓又浮现了出来。表情在星光的照射下映着青白色，她就像是正在对着星星许愿的少女那样纯真美丽，让人不忍心把目光从她的身上移开。她的鼻尖朝向夜空，哀伤地抬头望着。

"最亮的那个，就是织女星。"华子指着天上位置较高的地方，又小声地说："比它稍微暗一些的，是牛郎星。"

她的这些话，让我想了她之前说过的七夕传说。

"这就是牛郎星和织女星啊。"我望着夜空，发现了最亮的那颗星，进而在它的斜下方又看到了另一颗星。华子点了点头。不过，我想起来的并不只是七夕传说。

"那个。"我望着华子的侧颜，问道，"你有没有哪个朋友现在在住院？"

华子看向了我。

"不是，只是前段时间，我在医院前面看到你了。"我撒了谎。尾行她的事，我无论如何也说不出口。

"没有啊，没有人住院。"

"这样啊……"

华子继续望着夜空。我的心里又蒙上了一层阴影，感到心里有些沉闷和疼痛。

为了让心情重见光明，我抛出了决定性的问题。

"你的身体，到底是哪里不舒服啊？"

华子嘴唇没有动，侧脸也没有变化，我感觉时间陷入了停滞。

"星星，可以活得比人类多几万倍甚至是几亿倍。"

总算开口了的华子，却说了与我的问题毫不相干的话。我"啊"了一声，一时不知道该作何回答。又过了一会儿，我附和她道："是呢。现在看到的星星，都是我们的大前辈啊。""也许，有些星星已经不在了。"我又补充了一句。

"冈部君，你知道星星的一生结束之后，它们会变成什么吗？"

我想了一下。"应该是爆炸之后就消失了吧。"试着把不知道是从哪里听来或者是读来的知识说出了口。

"是的。爆炸之后，气体会释放到宇宙里。不过，也有不爆炸的，而是慢慢地随着时间的推移变为气体，消失不见。"华子说。

"原来是这样啊。"

"但是，这样还不算结束。放出的气体会漂浮在宇宙空间，变为接下来诞生的星星的材料。"黑暗之中，我看见她的长睫毛在动着。

"被不同的星星继承了生命啊。"

我这样说了之后，华子没有回话。

一瞬间，周围就像是无声的世界。

她开口了。

"我，就要死了。"

我迅速地看向了她的脸。也许是看习惯了吧，这次准确地捕捉到了她的表情。华子的眼睛比刚才更加闪耀，脸颊上未干的泪痕，就像是流星划过一样。"骗人的吧？"这句话不由自主地从我的喉咙里飞了出来。但是，眼泪已经证明了她说的是真还是假。我感觉自己的脑袋像是被看不见的东西给牢牢抓住，就快要被提到空中了一样。踩到地上的石子，才让我确认了自己的双脚没有离地。

"你看起来很精神啊。"我说。

"那种病也是有的。"

"你骗人。"

"听我说。"

"骗人的吧！"

"喂，你听我说。"

华子再次把脸朝向了我。

"所以我才想让你……"

声音有些颤抖。

华子继续说。

"爱我。"

这样说完之后，她的泪珠不断地落下。即使是黑夜，泪水表达的意思也很清晰了。星星的光辉溶在了泪珠里，闪烁着光芒。

我说不出任何话。仿佛语言能力已经从我的大脑消失了。我也不知道自己该做出什么表情好了。是像观音一样无表情，还是像稻草人那样，做出夸张的表情好呢？完全没有头绪。

再次仰望夜空。没有发出任何声音，闪烁的星，静静地坠落了。

*

在我的梦里，华子也哭了。黑暗之中，孤零零一个人站立着哭着。何止是抱住在眼前流泪的华子，就连安慰的话，我也没能说出口。我在梦里也是这样，什么都没有做，只是抱着头傻傻地站着。

睁开眼睛的时候，已经是夜里凌晨两点了。

距离看星星的那个夜晚，已经过了一个星期。虽然华子在看完星星的第二天就又恢复了精神，但是自那天以来，我的大脑就被华子的眼泪还有她说过的话给占据了。

华子得的是年纪轻轻就会死去的病。不想相信的事情，变成了向我扑来的现实。当然，我现在也不想相信。但是，华子眼含泪水的样子，总是会如波浪一般不自觉地浮现在我的眼前。

华子的眼泪，鲜明地浮现在了我的脑中。我也想象了胜矢说的"她的真正目的"。我的猜测是，华子应该是想把她在这个世界上存在过的痕迹，留在某个人的记忆里吧。和星星之间生命的接替一样。虽然我不知道她为什么会选择我，也不理解我和她之间有何接点，但是通过她来见我这件事，我已经能够明白她的目的了。

把目光移向华子睡着的床上，华子的轮廓正在有节奏地上下波动。枕边放着的是锅巴，还有从游戏中心拿回来的那只我给她的比格犬"年糕"。给它起了"年糕"这个名字的，当然是华子本人。我闭上眼睛，想再次进入梦乡，但是怎么也睡不着了。

去洗手间方便过后，在洗面台洗手。睡迷糊了的脸映在镜子里的时候，立在牙刷架上的红色牙刷闯进了我的视线。牙刷上的毛分叉了。我把它扔进垃圾桶，又换上了一支新的。前些天去买东西的时候，正好买了一支一模一样的红色牙刷。我并没有被自己的举动吓到，事到如今，我也没有想过要把她赶走。华子一开始坐在我房门前的时候，我有一大堆的理由可以拒绝她，但是，和她实际生活了一段时间之后，我发现自己已经没有理由赶她了。倒不如说，正是因为华子的到来，我的生活才变得更加愉快，心情也舒畅了许多。如果华子说她要走的话，我肯定会挽留她的吧。

随着和华子一起生活，我对她的了解也更加深了。白天去打工，做定期检查，偶尔和朋友吃个饭。

当我们都有时间的时候，会一起在街上散步。即使不买东西，也会在杂货店里逛逛。看到电视节目里播放的特辑，也会随性地去买个蛋糕解馋。去超市回来的路上，一边吃着鲷鱼烧，一边辩论着蛋奶馅和豆沙馅哪个更好吃，愉快地爬上坡道。我们走了很多的街道。因为和她一起散步，我也喜欢上了这个不值一提的没什么特点的街道。喝着杯子里的橙汁，华子冷静地开口说话了。

"现在还很健康。但是，如果发病了的话，就全完了。什么都会没有了，不论是到目前为止的积攒，还是从现在开始的未来。"

面对如此悲伤的话，我不知道该说些什么。

华子的病，之前听她说过，发病之前可以和健康的人过着一样的生活，剧烈运动也没有关系。只是，如果发病了的话，身体的感觉会逐渐丧失，用不了多久，全身就无法自由活动，进而死亡。她的病就是这么的可怕，没有治疗的方法，也无法进行抑制，而且，年轻时发病的概率很高。我在网上查过她的这种病，虽然没有找到特效药和治疗法，但是一直对此事保持着高度的敏感。然而即便如此，直到现在也没有好消息。取而代之的是，我给她讲了很多"癌症晚期患者的癌细胞在某天突然消失"和"交通事故受伤成为植物人的年轻患者，在某天突然可以下床走路"这样的事例。

事实上，我已经感受到了分别的恐惧。我强行把那份恐惧消除，祈祷着治疗法和特效药的出现。即使现在的医学水平还无法医治，将来一定是有希望的。这一点是任谁也无法否定的。所以，我会一直祈祷，祈祷这样的生活还有她的生命，可以一直延续下去。

从洗面台回到房间。放轻脚步，来到了床边。华子看起来睡得很香。在昏暗的光亮中，一不小心就看到了她的睡颜。她在星空下说的那句"爱我"突然在我的脑中苏醒，感觉这话像是很久之前说的一样。

按你想的来做就好。我在心中小声念着，再次躺在了睡袋上。然后，我开始祈祷。

神啊，请不要让她死。请绝对不要让她死去——。

六

　　数日后的某天，正好是我打工的休息日。下午大学的补课结束之后，我就立刻回家了。进到家里，看见华子坐在饭桌旁，正在读着时尚杂志。看来华子今天也没有打工。她说"欢迎回来"，我回答"我回来了"。卸下书包之后，我从冰箱里拿出橙汁，倒进了杯子里。自从华子来了，我家里的橙汁就没有断过。

　　华子坐在对面。在她看的那本杂志里，容貌端庄的模特们，梳着时下流行的发型，穿着华丽的服饰，摆着笑脸和姿势。

　　"今天你回来得真早啊。"华子的视线还留在杂志上。

　　"因为今天不用去打工。"

　　"那……"华子合上时尚杂志，双手放在桌上，身体向前倾斜，用她那依然美丽的瞳孔一直盯着我。被她盯着，我的心里像是起了火一样，感到有些害羞。"等傍晚凉快了，一起出去散步吧。"

华子说想走公寓后面的那条路。公寓的后面，有一条浅浅的宽约三米的小河。河畔种着樱花树。现在这个季节，樱花树的叶子又绿又浓。

在日落之前，我们出门了。二人走在夕阳西下的游步道上。

"染井吉野和八重樱，这两种都有。"

我向她介绍着游步道上种着的两种樱花树。树干粗一些的，是染井吉野。细一些的，是八重樱。

"这样啊。"白色连衣裙的裙裾在微风中轻轻飘起。她看着树上的绿叶。

"染井吉野开过之后，八重樱才会开。所以，在这条游步道上，比起其他地方可以多欣赏樱花两到三个星期。"染井吉野凋谢之后，八重樱仿佛是接过了它的接力棒，才开始灿烂绽放。

"来年的春天，再一起看吧。"我说。

华子轻轻地回头，难过地笑了。她的笑容，看起来就像是心脏被磨破了一样。

"坐下来聊聊吧，我有重要的话对你说。"

我们坐在了游步道的木制长椅上。坐下的时候，从屁股传来一阵温感。长椅的后面，种着绿叶茂盛的杜鹃花。

坐在椅子上聊完天之后，我们接着向河的下流走去。走了没多久，游步道开始变宽之后便和大路上的桥相连了。桥上车流不息，巴士通过的时候，很明显地闻到了尾气。

　　太阳向西方倾斜，渐渐地潜进了远处建筑物的轮廓里。我这才发现已经走了相当远的距离。我打工的加油站就在这附近，胜矢从傍晚开始上班，一直上到闭店，估计他现在也在忙着呢吧。

　　"差不多往回走吧？"我说。华子停下了脚步，望着路的对面。追随华子的视线，我也望向那边。三位少年在愉快地玩耍，在这里都能听见他们的叫嚷声。在步道上，有一个推着婴儿车的人，是贝比女士。看着像是小学高年级的三位少年，排成一排，做出了阻挡的姿势。是前些天在人行横道上向贝比女士扔爆竹的那几个孩子。有一位少年，拿着像是枪的东西，指着贝比女士。

　　"那群孩子。"

　　我把那天在人行横道上目击到的一幕，告诉了华子。

　　"什么？太过分了吧！"华子听了我说的话，几乎是与信号灯的变换同时，立刻迈出了脚步。"喂！你们在干什么？！"

　　我也赶紧跟着华子走了过去。

　　少年里面，有一位个子很高，脖子后面留着小辫子。站在他身后的那个两人，一个是留着圆寸的瓜子脸，一个是黑乎乎的微胖体型。他们三人都穿着同样的 T 恤和短裤。

　　面对枪口的贝比女士，和在人行横道上被扔爆竹的时候一样，蹲在了原地。

　　华子站在了婴儿车的前面。

　　"你们想干什么？！"

握着像枪一样的东西的那个小辫子男生说道："我要打了啊，你们这群混蛋！"

"你打啊？你手里拿的是水枪吧，一看就知道了。"

华子泰然自若地抱着胳膊，低头看着他们。确实，仔细看的话，小辫子男生握着的确实是一把玩具水枪。

"不快点打的话人就来了！"黑乎乎的胖男孩一脸不安地冲着小辫子男生说道。

"是的。"圆寸头瓜子脸的男孩说。受到谴责的那个小辫子男生，眼睛里充满了血丝。

"你，你烦不烦啊！"

说完，黑色的线状物从他的枪口喷了出来。华子纯白连衣裙的膝盖靠上的部分，有些零星的黑色斑点。

"是墨汁，白痴！"圆寸头瓜子脸说。水枪的里面是墨汁。

"喂！"

我走近小辫子男生，抢过了水枪。

"啊，不好！"说着，小学生跨上停在旁边的山地车，立刻溜走了。

我这样的人，小学生也会害怕？正这样想着的时候，在十字路口等红灯的巡逻车进入了我的视线。看来，他们不是见我害怕，而是见它害怕吧。我在心里接受了这个观点。

比起关心自己的衣服，华子赶忙先去问候贝比女士的情况。

"已经没事了。"

贝比女士从围巾的空隙，战战兢兢地看着我们。

*

　　我们待在我打工的那个加油站的等候室里。我和华子还有贝比女士坐在圆凳子上，胜矢则靠在收银台的旁边。和我之前想的一样，胜矢今天也在加油站上班。

　　等候室本来是给那些来洗车或者来换机油的客人用的，让他们在这里等候操作完成。里面也有饮料自动贩卖机和放着杂志的架子。现在没有等候的车，也没有客人，所以我们可以使用这里。等候室有一面玻璃，能看清外边加油的样子。我们工作人员在闲下来的时候，也会进到这里面聊天。当然，看到客人的车快要进来加油站的时候，我们就会冲刺过去，热情地迎接他们的到来。

　　盯着外面，油泵的前面有一位和我年龄相仿的男子，正用不可思议的表情看着我们。他就是告诉我"贝比女士"这个外号的人。

　　华子在洗手间的洗面台，用粉色的业务肥皂粉使劲地清洗连衣裙上的墨汁。但是，那些墨汁貌似无法完全清除干净，还是留下了淡淡的黑色印记。华子鼓着嘴说了一句"那群臭小子"。贝比女士把围巾摘了下来，向华子多次低头说"真是对不起"。

　　摘下围巾的贝比女士，看起来是一位三十多岁的普通女性。整齐的半长发。不知道用"普通"这个词来描述她是否合适。毕竟，她推着放入人偶的婴儿车的样子，至少给人留下了一种不普通的印象。周围的气氛有些令人感到害怕。我之前想象的她的年龄会更大。

我眼前的贝比女士，不管从哪里看，不管怎么看，都只是个很普通的女人。在我看来，她现在虽然有些憔悴，但是应该也能算得上是位美女吧。

"那群小学生真是胡闹。"

胜矢握着我从小学生那里夺来的那把仿自动手枪外形的水枪，仔细地观察着。"又是爆竹又是墨汁水枪，可真是够坏的。"

"真的对不起，我会赔偿的。"贝比女士再次向华子低头道歉。

贝比女士的身旁，就是那辆婴儿车。女孩的人偶躺在里面。走近一看，发现是一个很可爱的人偶，一点儿也不吓人。而且它的上面也没有任何污渍，看起来很新。

"没事，真的没事的。我是自愿做的，要怪就怪那群孩子太坏了。"华子摇了摇头。贝比女士面带愧意，又一次低下了头。

"那些小学生，你以前就认识吗？"胜矢问。

"没有。"贝比女士的眉毛变成了汉字"八"的形状，"大概是一个月前吧。他们看到我推的婴儿车里放的是人偶，觉得我是个怪人，就来纠缠我，故意做一些刁难我的事情。"

"话说，你为什么要在婴儿车里放人偶呢？"胜矢单刀直入地问道。这个谁都不敢问的、像是心里的疙瘩一样的、差不多能猜到答案的、不知轻重的问题，胜矢直截了当地说出了口。但是，在贝比女士开口回答这个问题之前，胜矢又讲出了令人颇感意外的话。

"你没有把这个人偶当成自己的孩子吧？到底是怎么回事？"

我把脸朝向了胜矢，搞不懂他为什么这样说。胜矢继续说道：

"之前，你在人行横道被扔爆竹的时候，我就觉得很奇怪。爆竹扔过来的时候，你只顾自己躲避，婴儿车的位置并没有发生任何变化。正常情况下，如果认为自己的孩子在里面的话，肯定会第一时间确保婴儿车的安全的吧。所以，我才会怀疑冈部之前告诉我的，你把人偶当成自己的孩子的这种说法是不是有问题。"

我回想起了当时的场面，确实如此。话说，今天她被水枪瞄准的时候，也只是就地蹲下。如果孩子在婴儿车里，自己又是那个孩子的亲人的话，一定会马上站在婴儿车的前面，守护孩子的吧。

贝比女士沉默了一阵，终于开口了。

"我曾经有过孩子。"

和预想的一样。她低头说道：

"孩子在我的肚子里死了，是个男孩。努力克服了妊娠反应期，期待着在他即将来临的怀孕的第八个月，我的脐带开始变细，他就这样死了。好像脐带变细是经常会发生的事情，不知道是出于什么原因。"

听了贝比女士的话，我什么都没说。一片沉默。我想到会出现这种尴尬的局面了。

只是，胜矢说的没错。之前打工的伙伴告诉我的贝比女士"接受不了丧子的现实才把人偶当作是自己的孩子来养育"的说法是错的。贝比女士接受了现实。

"不说也没关系的……"华子说。

"不。在你们之中，将来有人也可能会为人父母，我希望你们能听我说。"

从贝比女士的眼神里，感受到了坚强的意志。

"直到现在我依旧能感受到肚子被踢的感觉，还有他的温度。发生在我肚子里的奇迹，我被选为妈妈的喜悦之情，现在也没有忘记。每天都在盼望着他的出生，想象着他光明美好的未来。他爬行的样子，跌跌撞撞走路的样子，上幼儿园和小学的样子，超过我的身高、越来越大的样子。一想到这些，我就会被一种无法言说的幸福感所包围。为了这个孩子，我什么都可以做，什么困难都能克服。我是这样想的。"

我默默地点头。我第一次意识到，妈妈怀我的时候也许就是这样的心情吧。

"为了不忘记那种心情，为了随时都能有鲜明的回忆，所以才把人偶放在了婴儿车里啊……"我说。

是这么回事吗？人是善于遗忘的生物。回忆和悲伤就算不能完全消除，也会随着时间的推移而逐渐风化。就算伴着悲伤，也会有些不想忘记的回忆。不管是拥有多么古老历史的建筑物抑或是被称为世界遗产的景观，如果没有人的力量去保护，最终也会消失。贝比女士推婴儿车的行为，也是为了维持记忆。

"不，不是这样的。"她摇着头说，"为了不忘记？我绝对忘不了那个孩子的。在座的各位里可能有不少人对我有误解，其实，我到现在也还是那个孩子的妈妈。即使他已经死了，他也仍然是我的孩子，我是不可能忘记他的。如果是出于这个目的才做那种事情，被在天国的我的孩子看到了的话，我会很难受的。"

我不禁"啊"了一声。那个举动到底是什么意思啊？

"那，你是为了什么。"胜矢代替我，问了出来。

贝比女士把双手放在膝盖上，挺直了腰板。

"为了一对母子。"

"一对母子？"

"是的。住在这个加油站附近的公寓的一对母子。一个月前，我偶然从那个公寓前路过。晚上九点的时候。我和丈夫去便利店买东西。在便利店对面的公寓二层，有一个看起来像是小学低年级学生的男孩坐在房门前。这么晚了，他一个人坐在门前，确实有些不可思议。于是，我们上前和他搭了话。"

我和胜矢互相看了一眼。

"稍等一下，那个孩子的话，我，还有他之前也见过的。"胜矢指着我的方向。我点了点头。"是那个孩子啊。"

"到最后也拿他没办法啊。"胜矢露出了严峻的表情。

"是啊……"我也苦笑道。

"其实，那天从冈部家出来，在回家的路上，我又去那里看了一次，但是，那个时候小男孩已经不在了。"

"你又去了一次？"

"啊，我想着是他的父母下班回来了，就放心了。没想到这种情况居然这么频繁地发生，看来他的父母经常不在家啊。"听胜矢讲了他后来的所见所闻，我感到有些惊讶，不过想到他平常就是这么温柔的人，也就不觉得这有什么好奇怪的了。

"那，后来怎么样了？"胜矢催她接着往下说。贝比女士点了点头。

"我们那天也没能把他怎么办。问他在干什么，他只是回答在等妈妈。除此之外，问他什么，他都闭口不言，只是，那个孩子的眼睛，看起来特别寂寞。我们跟他一起等他家人回来，过了大约一个小时，他妈妈回来了，那是一位二十多岁不到三十岁的年轻妈妈，看起来像是喝了酒。"

"她去喝酒了吗？"华子带着责备的语气说。

贝比女士缓缓地点头。

"我丈夫提醒她这么晚把孩子一个人丢在家里很危险。她觉得我丈夫是在数落她出去玩，因此大发雷霆。说什么平时管他吃饭，也从来没打他，离开家一会儿出去缓口气都不行吗？她发泄完怒气之后，带着孩子就进屋了。"

"什么人啊！"胜矢就像发怒的大型犬一样，鼻子上的皱纹挤到了一起。

"我和丈夫也没有释怀，就这样回家了。我丈夫对那位妈妈的态度很是生气，说不要再和他们发生任何联系了。我瞒着丈夫，第二天也在同样的时间去了那栋公寓。那个孩子还和昨天一样，一动不动地坐在门口，眼神也还是那么凄凉。我在被他多次无视之后还是没完没了地问，最终成功地和他搭上了话。不知道是我不服输的精神，还是我在便利店买的果汁奏效了，那个孩子总算肯跟我正常说话了。他说他没有见过自己的爸爸，也没有兄弟姐妹，平时和妈妈两个人生活。我说想跟他妈妈谈谈，但是被他给拒绝了。他哭着对我说，'要是那样的话，妈妈可能就会更讨厌我了，更不理我了。要是我任性的话，她肯定就不会再和我一起住了。'一个做妈妈的，怎么能在孩子每次需要母爱的时候，选择把他推到一边呢？我也在不经意间哭了出来。即使被这样对待，也想和妈妈在一起。不管发生了什么，就是不想离开妈妈。一想到孩子的这种纯真的想法，我的泪水就止不住地往外流。就这样坐视不管呢，还是说采取些什么行动呢？我真的不知道到底该怎么做才好。"

贝比女士的眼睛，已经被泪水浸湿了。

注意到的时候，外面已经有一辆车在加油了。一起打工的伙伴们正在擦着车子的前挡风玻璃。

"纠结了很久，最后我放弃了与她的直接谈话。正如那个孩子所说的，如果我的举动让孩子和他妈妈分开了的话，这样真的好吗？所以，我想到的是，把人偶放在婴儿车里，然后在那个公寓附近游走。这样的话，就像大家想的那样，我就会成为'死了孩子的女人'或者是'想要孩子却怀不上的女人'。我想着，如果让她看到了这副样子的我，她就会懂得被赐予一个孩子是多么奇迹的事情，知道有孩子是多么幸福的一件事情了吧。我想让那位妈妈懂得，在这个世界上，其实有很多很多的父母，因为不能和孩子一起生活而痛苦万分。"

贝比女士把人偶放进婴儿车的理由，原来是这么一回事。她并非无法从失去孩子的痛苦中走出。人的妄想，真的是太能乱来了。当然，也包括我在内。

"为了不被看出我就是以前抗议过她的那个人，我用围巾缠住了脸，在她家周围走了不知道有多少次。也有好几次和她碰了个正着。

看到她的身影的时候，我就会执拗地赏玩我的人偶。她看向我的时候，和其他人一样，眼神里都带着几分惊恐。我觉得这样挺好的。如果她多少意识到了我的存在的话，能思考母子这个词的含义，能重新审视自己和孩子的关系，我就知足了。"贝比女士把视线投向了婴儿车里。

"但是，某天她突然向我走了过来，说她觉得我很碍眼，不希望我出现在她家的附近。我还什么话都没对她说。心里感到苦闷，一直以来的忍耐终于爆发了。我的话就像决堤的大坝一样，喷涌而出。我这样对她说——"

贝比女士把她对那位母亲说的话，直接告诉了我们。

"孩子的出生，是一个奇迹。孩子的笑容，是无可替代的礼物。所以，请不要不把孩子放在眼里，请不要觉得他麻烦，请不要再对他施以污秽的语言。不论是什么样的母亲，孩子都会非常喜欢的。想出生却没能出生的孩子，是有的。想见孩子却不能见的母亲，也是有的。你的耳朵，为的是能够听见孩子的叫声；眼睛，为的是能够看见孩子的成长；双手，为的是在孩子快要摔倒的时候向他伸去。请不要用你的手，去杀死奇迹般降临到这个世上的孩子。'杀死'并不仅仅指的是毁灭他的生命，心也一样。希望你能够注意到。试着站在孩子的角度想想。孩子跌倒磨破了脚，你的心里应该也会感到痛的，那就是爱。所以，请更加爱你的孩子一些。拜托你了。"

听了贝比女士的话，华子多次点头。我的内心深处也热了起来。胜矢全程虽然无表情，但是最后深深地点了头。

"——就这样，我把自己想说的话全都说了。"贝比女士点头道。一片沉默。等候室里的有线电视，正播放着时下流行的女歌手的美妙歌声。

"那她当时是什么反应？"华子问。她茶色的瞳孔直直地盯着贝比女士。

"她问我'你有没有孩子'。我实话告诉她我有一个在出生前就死去了的孩子。然后，她冷笑着说，'孩子都没有，你懂什么？都没试过一个人带孩子，你懂个什么！'"

"她说得可真过分啊。"胜矢咬牙切齿地说。我也对那位妈妈说的话感到一丝不快。

"不是。也许是我错了。"贝比女士说。

"为什么这样说呢？"华子看起来像是有些无法接受。

"其实，说不定那位母亲才是受害者。必须解决的问题，其实是她的心。一个人带孩子，实在是太痛苦了，而且得不到别人的帮助，不对，应该是想让别人帮忙，但是不知道该怎么做才好。也许是为了尽量保持自己的精神状态，她才把'缓口气'当作借口，从而逃避现实吧。"

"是这样吗？"胜矢面露难色，歪着脑袋。

"我不知道。在亲子关系里，我认为是没有绝对正确的答案的。"贝比女士露出了温和的笑容，"只是，我觉得对于她来说，'伙伴'还是很有必要的。这是我今天见到你们之后才意识到的。一个人单打独斗真的太痛苦了。但是，如果有能够帮她的伙伴的话，她也一定会变得更强大的。反之，在认为自己没有同伴的时候，人就会变得自闭，觉得周围的人全都是自己的敌人，想法也会变得非常消极，甚至开始思考'为什么只有我必须如此痛苦地活着'。在这种被害妄想的侵蚀之下，最终就无法分清事物的善与恶了。所以，我想再去见她一次。虽然我不能保证一定可以让她发生什么变化，但是我不能就这样放下她不管。"

"这样啊。"胜矢的语气和上次有些不太一样。

"那，我们也跟你一起去吧。"胜矢擅自用了"我们"这个第一人称复数代词，这很像他的风格，而且也没有人有异议。我也点了头。

"谢谢。"贝比女士深深地点头鞠躬，"但是，我还是想自己一个人去。她看到这么多人，肯定会觉得为难的吧。"贝比女士盯着胜矢说。

胜矢缓缓点头。

"这样啊。这样的话，看来就不用一起去了。"

"真的非常感谢。"

"但是，那三个臭小子该怎么办？不能就这样放任那些不良小学生继续作恶吧。"

是啊。差点忘记重要的事情了。

"他们是哪个小学的？"我问。

贝比女士歪着脑袋。

"要是知道了他们的学校的话，就能联系学校找到那几个孩子，好让老师教育他们。但是，连学校都不知道的话，就什么都干不了了。

即便报了警，警察也只会把这种行为当成是小孩子的恶作剧，应该不会去管的吧。"我说。

"又是爆竹又是墨汁，可真是太坏了。而且，爆竹很有可能把人烧伤或者震破耳朵鼓膜的啊。"华子皱着眉头。

"拿他们就没有办法了吗？"我感到非常不解。

"没关系的。"贝比女士说道。我看向贝比女士。

"什么没关系？就这样放任不管的话，他们的恶作剧会越来越加重的。"我说。

"对了，胜矢。"

一边叫他，一边回头看。胜矢不见了。"哎？"自己提的这个话题，现在他人却擅自消失了。可真像个忍者。

"他是不是去洗手间了啊？"华子指了指等候室最靠里的洗手间。

"实在抱歉，他太自由散漫了。"我这样说。贝比女士露出了微笑。第一次看到了她柔和的表情。

"我再也不推婴儿车了，也不会再围围巾了。我打算以现在这样最本真的姿态，去见那位母亲。"

"这样呀。这样的话，那群小学生应该就不会再对你搞恶作剧了。"我的脸上浮现出了笑容。

"那，姑且就算解决啦。"华子也微笑着说。

过了一会儿，胜矢从洗手间出来了。

"好的，我大概明白了。我去把那群臭小子给找出来，好好教训教训他们。反正他们应该就住在这附近，肯定很快就能找到的。不过，说不定他们会先来这里找东西呢。"说着，胜矢从口袋里拿出了那把水枪。

"不用了，胜矢。"我抬起手，把掌心对着他，说道，"已经没事了。"

"什么叫没事了啊？不教训教训那些家伙的话，他们肯定还会干出更缺德的事。"

胜矢刚说完，从加油站的外面传来了少年们的声音。

"在这里，他们在这里！"刚才的三人组在外面。他们骑着山地车，手指着我们这里。

"看，他们来了吧！"

胜矢露出了洁白的牙齿。少年们把山地车停在一旁，向这里走来。

刚才加油的那个人已经走了，加油站里目前没有客人。

胜矢穿过自动门，走到了外面。我们跟在他的身后。胜矢用手指转着水枪，渐渐地靠近了少年们。身高接近一米八的胜矢，俯视着比他矮五十厘米以上的小学生。

"你们几个，胆子倒是不小啊。"胜矢笑着说。

"你是谁啊，和你没关系吧？"小辫子男孩抬头望着胜矢。

"当然有关系。因为我是他们的'伙伴'。"胜矢用手指着我们。

"随便你。把那个还给我们。"圆寸头瓜子脸男孩指着胜矢手上的水枪。

"你们是大人吧？明明都是大人了，还抢我们小孩子的东西，你们好意思吗？"黑胖男孩也跟着起哄，而且话说得还相当难听。

"啊？你说这个吗？还给你。"

说着，胜矢把水枪对准了小辫子男孩，扣动了扳机。

"看吧，已经还你了。"

从水枪的枪口喷出来的并不是墨汁，而是闪亮的水。

那水直接命中了小辫子男孩的脸。

"真臭！"小辫子男孩的五官挤在了一起。

"这是什么啊！真臭！臭死了啊！"

胜矢"啊哈哈"地大笑起来。

"是尿。"

胜矢在洗手间的时候，把水枪里的墨汁给倒了，重新给里面加满了自己的尿。

"有病吧！你是不是脑子有问题啊？"小辫子男孩气得快哭了。好像是进到嘴里了吧，那个男孩"呸呸"地吐着。"什么人啊！可恶，我不要了！被你弄得那么脏，可恶！"

"哦，这样啊。那下一个该你了。"

胜矢把枪口对准了圆寸头瓜子脸男孩。那个孩子瞬间脸色变得铁青，向后转身。

"这个人脑子坏掉了，咱们快跑吧！"打算逃走的三人，急忙跨上脚踏车，站在踏板上使劲地蹬。

胜矢也立刻向前冲。在山地车加速之前，他抓住了小辫子男孩的脖子的后面，把他从山地车上拉了下来。看到这个情况，圆寸头瓜子脸和黑胖男孩也都赶紧停了下来。

"喂，喂，住，住手啊。"黑胖男孩说。很明显，他的眼神里充满了恐惧，像是对不知道接下来要发生什么而感到不安。

"疼，疼，你要干什么啊？"小辫子男孩说。

"说，发誓你再不搞恶作剧了！"胜矢抓着他的脖子说。

"我不，我就不！"也许是因为同伴在看着呢吧，都已经事到如今了，这位小学生还在嘴硬。不过，能看出他是真的害怕了。他的脚在不停地抖动。

"这样啊……"

胜矢的脸上露出了无畏的笑容。正这样想的时候，胜矢把小辫子男孩推倒在了地上，紧接着，胜矢提起了他的双腿。小男孩就像是处在"后滚翻"的途中，身体被摆成了平假名的"つ"的样子。然后，胜矢又用自己的腿夹住了小男孩的腿，固定住了他的身体。

小辫子男孩无法动弹，发出了"呜呜呜"的叫声。简直是冲击感过于强烈的画面，大人和孩子之间的"职业摔角"。

胜矢抬起右手，朝着小辫子男孩的两腿之间，来了一记霸气十足的手刀打。

"呃啊！"

"你这个混蛋！"

胜矢怒吼着，挥下的手掌在小男孩的大腿之间来回地摩擦。

"啊，不要！"小辫子男孩憋红了脸，痛苦地叫喊着。

"你可真吵啊！赶紧道歉！"

胜矢又给他来了一次手刀打。

小辫子男孩的脸上写满了苦闷。

继续摩擦。

"呜啊啊啊。"

"快道歉！"

"对，对不起——"小辫子男生的声音从喉咙里挤了出来。

"是个男子汉的话，就不能欺负弱者。你这个浑小子！守护弱者才是男人应该干的事情！"胜矢有节奏地在他的两腿之间击打，就像是在用菜刀切丝似的。

"明明都已经道歉了……"瓜子脸小声嘟哝道。让道歉他也道歉了，但是胜矢却还没停手。确实，我也是这样想的。

"快住手啊。"小学生开始往地下掉泪珠。口水和鼻涕也流了出来。另外那两个小学生跨在自行车上，表情强硬，看起来也快哭了。

"我以后不再那么干了！"

"我错了！对不起！啊，疼。"

"你发誓！"

"我发誓。"

"喂，听不见！"

"我，我发誓！"小辫子男孩这样说完之后，胜矢把他的脚给放了下来，让他完成了后滚翻。小男孩爬着离开了那里，晃悠悠地站了起来。头也没回，扶起山地车，摇摇晃晃地蹬着走了。

"喂，泰国香米和温泉馒头，你们也知道了吧！"瓜子脸和黑胖男孩互相看了一眼，异口同声地答道："知，知道了！"然后紧跟在小辫子的后面溜了。

华子和贝比女士还有我打工的同伴，都在张口结舌地看着胜矢。当然，我也一样。只有胜矢是一脸满足的样子。

*

那之后，贝比女士和那个妈妈之间发生了什么，我就无从知晓了。只是，推着放有人偶的婴儿车的女士，再也没有在街上出现过。便利店对面那栋公寓的二层，再也没有坐在门口的小男孩了。

晚上，我和往常一样，与华子一边聊天一边吃饭，自然而然地就聊到了贝比女士和胜矢。聊完贝比女士是一位出色的女性，以及胜矢可真是一个古怪的人之后，我们聊起了人与人的"相遇"。

"和人的出生一样，人与人的相遇也是奇迹。任何人的相遇，不仅是把天文数字当作分母，还是在几乎小到用数字表现不出来的概率之下才发生的。"华子把面包撕成了一口的大小，放进嘴里。

"真是奇迹。"我用勺子舀了奶油浓汤里的胡萝卜块，送到了嘴边。

"不过，奇迹也挺可怕的。"

"什么意思？"

"因为，我们父母的相遇、祖父和祖母的相遇、曾祖父和曾祖母的相遇……多亏了这种连锁反应，我们今天才能在这里啊。如果中途某个相遇没有发生的话，我们也不会相遇了。这样想来，真的很吓人啊。我在这里的这件事，未免也太过于随机了。"

"原来如此。"

"还有，在奇迹的背后，是有分别的。"她小声嘟哝。

"是吗？"

"相遇和出生是奇迹，分别和死亡就完全相反了。奇迹的反义词是'分别'和'死亡'啊。"

"分别和死亡吗？"

"嗯。虽然相遇和出生是自己无法选择的，但是分别和死亡可以自我选择并由自己去实现呀。"

听到她的这番话，我感到很难过，心情变得很沉重。我觉得华子是在主张她有自己选择去做那些行为的权利。

"话说。"氛围变得有些奇怪，我转移了话题。"华子的爸爸和妈妈，是什么样的人？"

"非常温柔的人。"对于我这个不自然的问题，华子毫不犹豫地答道。

"你不回家也没关系吗？"

自从来到我的住处，她就不像是有想回自己家的意思，所以我才多管闲事地问了这个问题。

"为什么啊？"华子做出了不可思议的表情。

"不是，我的意思是，你父母不会担心你吗？"

"嗯，可能在担心我吧。但是，我觉得，爸爸妈妈希望我能去做自己想做的事情。"

"这样啊。"

"所以，我要做自己想做的事情。"华子直直地盯着我说。

每当睡醒的时候，我都会觉得安心。我还作为我在活着。但是，在数秒之前，也就是睁眼的那一瞬间，我开始变得不安。睁开眼睛之后，我会不会完全变成另外一个人？是的，我会想比如说自己变成了一个刚开始懂事的两岁小孩，完全忘记了"我"的存在，重新开始完全不一样的人生，从而感到不安。

随后，当困意消散，切实感受到"我"存在的那一刻，喜悦与幸福感瞬间包围了我。

眼睑感到夕阳的温热，我睁开了眼睛。不知道是在什么时候睡着了，倒还记得下午打完工回到家里之后，直接躺在了床上。不知不觉，就起了困意。

做了一个令人怀念的中学生时代的梦。

"被受到亲哥哥教唆的恋人阿耳忒弥斯用箭射死之后，俄里翁变成了星星。这就是大家熟知的猎户座。"

不知道是在上什么课。可能是班会吧。兴趣是天体观测的班主任男老师，正在对我们热情地演讲。他是一位受到家长和学生欢迎，十分有人气的三十多岁的老师。之前没有想过阿波罗的妹妹——"月亮与狩猎女神"阿耳忒弥斯和"猎人"俄里翁的关系。阿波罗欺骗自己的妹妹阿耳忒弥斯，让她用箭射杀了俄里翁。后来，全能神宙斯把俄里翁变成了星星，将他放在了去往月亮的路上。杀死恋人的阿耳忒弥斯，被恋人杀死的俄里翁。我听了这些之后，在对俄里翁和阿耳忒弥斯感到同情的同时，也感觉到了阿波罗是一位不正常的"妹控"。

在迷迷糊糊之中，从床上坐了起来。来到洗面台，用皮筋把头发绑成了马尾辫。

打开房间门，来到紧急通道，缓缓地坐在水泥楼梯上。被夕阳染红的街道越来越多。在西边的天空，挂着已开始落山的橙色太阳。停滞的低云也完全被染上了颜色。这个十一层楼的公寓，是街道最高的建筑。在这里的顶层，能望到最美的景色，而这个景色，也正是我选择这个公寓的最大的理由。

决定一个人住，是在高中毕业后不久的时候。我原本还以为会受到父母的反对，没想到他们欣然同意了我的想法。爸爸说让我先去做自己想做的事情，妈妈也爽快地说等我安定了她就过来住几天。

但是，在父母这样宽容的回应背后，我其实是知道我自己的病情的。

刚出生不久，我就被诊断为患上了一种怪病。如果发病的话，脑细胞会全部死亡，神经系统也会彻底失灵。不过在发病之前，我都可以过着和普通人一样的生活。只是，这种病既没有治疗方法，也不知道它会在何时以何种状况发病。总之，是种非常可怕的病。

对于已经懂事的我，照顾我的大人们——爸爸妈妈、医生还有护士们，也许是不想让我感到绝望，对我说了善意的谎言。"小华子可能和别的小朋友看到的东西的颜色不一样，所以要在医院检查一下。"比如说，就是可能看红色的东西觉得是绿色，反过来看绿色的东西觉得是红色。他们拿着很大的色盲检查图让我看，毫无难度可言，我全都答对了。正当我觉得这是在浪费时间的时候，医生告诉我说这是在检测我有没有重复识别颜色的能力。实际上，我看到的红色，可能在别人看来就是绿色。也有可能我看到红色的东西，结果说它是绿色。总之啰唆了很久。

反正也没什么影响。也并不是谁都会那样。虽然我这样想，但是当时还是个小孩子的我，就那样听了医生的话，接受了多次的采血和CT 检查。

最后，我在中学二年级的春天，才被告知了自己的真实病情。我被爸爸妈妈搀扶着，在诊室里听医生的说明。我不知道他们为什么选在了这个时机。不过，也许是因为我进入了青春期，而且也适应了中学生活吧。关于隐瞒病情的事，我不记得我有对爸妈发过火。到底该不该告诉我这件事，我想他们一定纠结了很久。而且，爸妈从很久之前就已经因为我的病而感到苦痛和悲伤了。在这么长的时间里，为了不让我有所察觉，他们也一定是把眼泪咽到肚子里，在我面前展现出最阳光灿烂的一面。对于这样的父母，我又怎么能忍心去责备他们呢？

与之相对地，我开始每天以泪洗面，害怕、痛苦、不甘心。为什么只有我必须经历这种事情？我开始悲观地看待自己的人生，觉得活着很痛苦。有一段时间一直把自己关在屋子里不出门。我好几天没去学校上课，中学的朋友担心我，来我家里看我的时候，我也根本没有心情见面。整天一口饭也不吃，窝在昏暗的房间里独自哭泣。

让自闭的我又重新看到曙光的，是我的妈妈。

面对无视敲门声的我，妈妈直接推门走了进来。她坐在床边，隔着被子轻轻地抚摸着我的肩膀。我把头蒙在被子里，一动也不动。

"小华子。"

温柔的声音。

"今天给你讲个什么故事好呢？"

那一瞬间，我有了强烈的想抱她的冲动，想立刻扑进妈妈的怀里。想撒娇。想让妈妈听我的牢骚。想在妈妈的怀里，痛快地骂一顿这不讲理的命运。但是，我的身体没有动。我微颤着身体，失去了自由，声音沉在了眼泪之中。

妈妈把手伸进了我的被子，温柔地抚摸着我颤抖的肩膀。

她从以前开始就是这样。我在房间里哭的时候，她就会这样抚摸着我的肩膀，讲故事给我听。去幼儿园住校的前一天，不想去上学的我；上小学的时候，因为被班里的浑小子弄坏了口琴而哭泣的我；在电视上看了恐怖节目之后，睡不着的我；被爸爸骂过之后，因为委屈而流泪的我，她无数次抚摸我的肩膀，无数次安慰受到伤害的我。

妈妈讲的故事，有很多都是她自己编的，但是不论哪个故事都很棒，每次听完之后，我都会露出开心的笑容。

"那，今天讲某个小岛上发生的故事吧。"妈妈更加轻柔有节奏地抚摸着我的肩膀。

达磨岛是浮在日本海上的一个小岛。这是发生在两百年之前的故事。岛上住着一位叫作清的年轻貌美的姑娘，她的美丽在整个岛上都很有名。某天，听到这个传言的岛主把清叫到了自己的城堡，命令她成为自己的妻子。说她如果成为自己妻子的话，那么她的父母将会终生过着荣华富贵的生活。

但是，那时清已经和大作订下了婚约，她果断地拒绝了岛主的求婚。

岛主勃然大怒，让手下毁了大作的耕地，抢了他的牛，断了他生活的后路。清在烦恼了许久之后，为了父母，最终决定答应岛主。

时光飞逝，清的肚子里有了新的生命，她生下了一个健康的男孩。清和岛主都很疼爱这个孩子。

一转眼来，十五年过去了，岛主说出了令人难以置信的话。

这个孩子是我的吗？

根本就不像我啊。

难道他真的不是那个农民的孩子？

我要把他流放到岛上去。

也要跟你离婚。

你从这座城里给我滚出去！

真是个白痴岛主，只有通过怀疑他人，才能消除自己的不安，真是个没出息的男人。听了妈妈讲的故事，作为中学生的我这样想道。儿子被流放到了离岛，清也被赶出了城。后来，由于想念被流放到离岛的儿子，清每天都会对着大海祈祷。祈祷儿子能够健康平安，祈祷将来有朝一日能够与儿子相见。某天，海边出现了一位男子。没错，他就是清以前的订婚对象大作。大作对清说道："和我结婚吧。"

清怀疑自己的耳朵。自己之前背叛过这个男人一次。他是已经原谅自己了吗？不对，即使跟他在一起了，自己应该也不会幸福的。清摇了摇头，告诉大作自己后来有了岛主的孩子，谁和自己在一起都不会幸福的。听了她的话，大作这样回答道："我一直爱着清。我爱着的清生下的孩子，就是我的孩子。我会让你幸福的。清所爱之物，就是我的最爱，也是我的幸福之所在。"

好男人。中学生的我这样想。好男人会用爱别人的行为，来消除自己的不安。那之后，清和大作结了婚。又过了一年，某天早上，不可思议的事情发生了。清和大作对着大海祈祷的时候，发现远处有一个小岛正在向着海边接近。小岛慢慢地变大，缓缓地接近。清和大作瞪大了眼睛，茫然地望着眼前的景象。难道说……是的，没错，正在靠近的那个岛上，同样做着祈祷动作的清的儿子站在了那里。没过多久，两个岛连在了一起，形成了一个整体。清和儿子再会了，他们喜极而泣，紧紧地相拥在了一起。他们虔诚的祈祷让小岛动了，两个岛这才连在了一起。后来，他们三人在岛上过着幸福的生活。

　　顺便说一下，达磨岛这个名字的由来，是两个岛合体之后形状很像达磨，所以清他们才把这个岛命名为达磨岛。

　　妈妈当时给我讲的，就是这么一个故事。

　　——妈妈在说谎。岛才不会动呢，更不会连在一起。虽然知道这个故事是她瞎编的，但我还是很开心。妈妈是为了能让我精神起来，才编故事讲给我听的。

　　"妈妈觉得这个不可思议的故事，应该被称作是超常现象吧？科学无法解释的故事，我可是非常相信呢。"感觉在我后背的位置，传来了妈妈的笑声。"所以，你妈妈的祈祷肯定也会管用的。不管是什么时代，母爱的力量都是非常伟大的。所以，小华子也会一直健康下去的，绝对会的。被那种搞不清楚的病牵着鼻子走，可就亏大了呀。和朋友一起享受青春的美好，和美好的人相遇、相恋、结婚，共同筑起幸福的家庭。尽情去做让自己感到开心的事情吧！小华子。"

　　我以前没觉得这是妈妈的真心话。妈妈也知道没有发病的前例是没有的。大概，她想让我过一个无悔的人生吧。

　　从这一天开始，听了妈妈的话之后，我下定决心要好好生活。在不经意之间，我的脸颊上流过了和之前完全不同的温热的眼泪。

　　从那天开始，我决定要努力去把想做的事情都做完，不给自己留下遗憾。

　　从楼梯上站了起来，深深地吸了一口气。感受到了夏日夕阳的温度。拉开紧急通道的门，再次回到了屋里。房间里面被夕阳染上了温暖的橘色。把手伸进收纳盒，从里面拿出了一张长方形的纸片，一张诗笺。

绿色的诗笺上面，歪歪扭扭地写着"希望能和巴农相见"几个字。

巴农是谁？他是我在以前住的地方遇到的男孩，巴农是他的外号，我不知道他的真名。我和那个男孩，总是在附近的河滩玩耍。

我在上幼儿园的时候，因为爸爸工作的关系，离开了那个地方。搬家的前一天，我还记得当时和巴农约定好了"以后再一起玩呀"，那之后我们就分开了。第二年的七夕那天，希望巴农可以尽快来找我玩，我在这张诗笺上写了愿望。

我们没有再见面了。

上了小学，大概是在掌握了加减法和乘法的时候，我才意识到了无法相见是必然的事情。他不知道我家搬到了哪里，我虽然知道他居住的城市，但是他的详细住处，甚至连他的名字，我都一无所知。也没办法给他写信。

而且，大概他也忘了我们之间的约定了吧。

当然，我也不是一直执着于和他见面。随着交到了新的朋友，每天过着愉快的生活，在我的心里，"想见他"的这种心情，伴随着幼时记忆的模糊，也渐渐地变淡了。

但是，为什么我没有扔掉这张诗笺呢？只要拿着这张诗笺，总会在某天，在不可思议的契机之下，说不定我们就能相见。我是这样想的。

我下定决心去见巴农，是在今天早上。

在电视上看到"蒲公英"的时候。

　　"蒲公英"是以前我们在河滩玩耍的时候，巴农捡到的小狗的名字。蒲公英被扔在那里，它的眼神里充满了寂寞。从那天起，巴农决定要收养蒲公英。第二天，蒲公英就被巴农带回了家。那之后，我们一起玩耍的时候，蒲公英也一定会跟着我们。

　　在早间新闻里看到了蒲公英。介绍小狗环节，一只脖子上的毛很有特点的名叫蒲公英的小狗，在我以前住过的那个城市的街道上散步。我把正在喝的咖啡杯从唇边拿开，凝视着电视画面。绝对没错，是我以前住的那个地方。小短腿飞快动着的博美犬，名叫蒲公英，我非常确信。

　　与此同时，我在心里做了一个决定。

　　去见巴农。

　　电视上放着我们以前玩耍过的河畔，经常去的零食店。虽然我并不清楚巴农家的具体位置，但是到了那附近的话，可能会找到的。我已经不是小孩子了。

　　我必须去见巴农。偶然在电视上看到蒲公英，应该就是这个意思吧。

　　手机响了，是弟弟俊介发来的邮件，内容是"我到了"。

　　我在距离公寓不远的车站后面的一个咖啡店打工，因为我从以前开始，就很想在别致的咖啡店工作。虽然平时父母会给我钱，但是我并不打算依赖他们。我的生活费基本上都是打工挣来的。明天不用去打工，只能现在去了，还有充足的时间。

　　我要去见巴农。

*

平日的夜里，高速公路上车流不息。俊介驾驶着的黑色两厢轿车，连着超过了好几辆拉货的大型卡车。俊介把车窗打开了一条缝，点燃了第四根烟。车子被风切割的声音，从车窗的缝隙侵袭着车内。俊介茶色的头发随风摇摆。

"你在读什么？"俊介瞥了一眼我的手边。"恋爱心理学？"他吐了一口烟，笑着说。

"什么啊，你也太失礼了吧。这本书意外地有趣。"为了在副驾驶上消磨时间，我出门的时候，从家里拿了一本恋爱心理学的书。"和右撇子的人搭话的时候，从右侧接近他，可以让他放松警戒心，从而更顺利地进行交流。"

"你信这个啊？"俊介嗤笑道。

"像你这种不懂女孩子心的人，才更应该读。"被他嘲笑之后，我就没再继续读了，把书放进了副驾驶位子正前方的收纳盒里。

"生这么大的气啊？"俊介傻笑着说。

"我说，你抽得太多了吧。而且，这烟也不适合你。"

"没关系啊。我抽烟，国家才有税收啊。"说着，俊介大口地吐着白烟。

对于他的答非所问，我斥责他道："不是这个的问题。"不知道是不高兴了，还是烟进到眼睛里了，俊介皱着眉头。

"可真是啰唆啊，我的姐姐。"俊介咋了一下舌头。

"你说什么？"

"从以前开始就是这样。不管我做什么，你总是要找我的不是。"

"还不是因为俊介太不认真了啊。"

小两岁的俊介，是个废柴弟弟。按照一般的话来说，就是败家子。开着爸妈给他买的车四处闲逛，拿着爸妈给他的钱到处玩耍。作为一个高中生，他最近好像经常逃课，每天无所事事，自甘堕落。爸妈让他注意自己的行为，他根本就不听，只顾一个劲儿地反抗。本本分分的爸妈，为什么会生出这样的孩子？跟他不熟的人经常这样评价。

但是，我知道他虚张声势的原因。原因就是我，说得严谨一些的话，是我和爸妈。从以前开始，比起对待俊介的态度，爸妈明显对我更加呵护与喜爱。作为当事人的我都这样觉得，俊介的感受应该更深吧。但是，爸妈对我的爱其实很复杂，在亲情之外，他们对我又加上了怜悯之情，这和亲情完全不是一回事。

比如说，妈妈首先会问我"今天想吃什么"，之后才会去问俊介"那，俊介呢"，最后，还是会采纳我的意见。家庭成员一起去旅行的时候，也是这样，问想去什么地方，我的回答就会成为目的地。

不只是这些琐碎的事情，对于俊介来说，他也会误以为比起自己，姐姐是更加可爱的人吧。

以前和家里人住在一起的时候，俊介对爸妈说话时的用词很不礼貌，我因此还责备过他。他冷冷地瞥了我一眼。

"你被爸妈爱着，真是好啊。"

　　我什么话都没说出来。通过这句话，我知道了俊介虚张声势的原因。

　　俊介是一个敏感的男孩。

　　和俊介能像朋友一样聊天，也是最近才开始的。以前住在家里的时候，他不怎么和我说话。不管我说什么，他都回我"真烦"。不过，我从家里搬走之后，我们之间的关系就完全变了。契机是什么来着，我有些记不得了。但是，现在我们之间的关系很好，完全可以一起去吃午饭或者晚饭什么的。不知道是不是因为我不在家里住了以后，他反而觉得寂寞，还是说，俊介真的长大懂事了。我不知道。我只能说，现在和他在一起度过的时光，能让我的内心感到平静。

　　俊介打开了饮料架旁的筒状烟灰缸的盖子。打开盖子之后，烟灰缸的发光二极管就会亮起。俊介的侧脸，隐约地被白光照亮。"比起那种事情。"俊介吸了一口烟，"你为什么突然想去以前住过的那个地方啊？"

　　"不为什么啊。"

　　"行，不为什么就不为什么吧。那，不能明天早上再去吗？"

　　"行倒是也行。不过，我的座右铭是'想到了就立刻去办'。"

　　俊介狠狠地吐了一口烟，笑着说：

　　"我当然知道了。我的姐姐，你就是这种性格。前段时间，深更半夜的时候，你说想吃拉面，我载着你开了两个小时的车。"

　　想起那件事，我也笑了。

　　"因为看了杂志之后，我发现了看起来特别好吃的店呀。但是赶到的时候,过了拉面店的营业时间,后来又等到第二天的开店才吃上。"

"我之前就跟你说过吧,查查人家的营业时间。"

"我说,你可真烦。"我模仿了俊介的语气,"不过,那个拉面是真的好吃呀。"

"对了,还有这种事情。"俊介的声音盖过了我的话,"你之前说想去海边,在我睡觉的时候疯狂给我打电话。三更半夜的,我开车带你去看海。"

"那也是没有办法的事呀。"

"什么叫没有办法啊?"

"我给朋友打了电话,但她说要和男朋友一起去海边,所以我就不想跟她一起去了。"

"还说呢,到了海边之后,从早上就开始下大雨。"

"对,对。"

"你倒是提前查查天气预报啊!"

"我说过让俊介你查来着吧?"又笑出了声。

有想去的地方之后,我立刻给俊介打电话,让他带我去那里。我并不是没有其他能邀请的对象,只是,如果邀请的是那些朋友的话,我会非常在意对方的感受,到头来把自己弄得很累。和俊介一起的话,我可以毫无顾虑地展现最天然的自己。

"你要是再抱怨的话,我下次可就不叫你了。"我试着嘴硬道。

"哦,你确定你要这么说吗?除了我,还有人愿意陪你?"俊介也不甘示弱。

"哎呀，想陪我的男人多的是呢。"我向上噘起了嘴巴。

"你可真会编瞎话。"俊介的鼻子发出了笑声，"怎么可能有五万人 [1] 呢。"

车内鸦雀无声。俊介一脸认真的表情。

"你是不是傻？"

"什么啊？我怎么就傻了？"

俊介露着天真的笑容，把那根不怎么适合他的香烟在烟灰缸里摁灭了。他吐出的白烟，一瞬间停滞在了车内，不久之后从窗户流到了外面。

"傻归傻，但不是让人讨厌的那种傻。从以前开始，你就是个直率过头了的人。"

"你在说什么啊？"

"你不记得了吗？"我窃笑道，"你想帮我，却被警察抓了的那件事。"

我在读高三的时候发生的事。夏天的夜晚，我在回家的路上碰到了一位举止可疑的人。那是离期末考试还有一周的时候，我在朋友的家里和同学复习完考试内容之后，独自一人走在了回家的路上。时间是晚上九点刚过，四周已经完全黑了下来。在平时行人就很少的这条回家的路上，原本能给人安心感的路灯，也仅仅是亮着昏暗的灯光，一点儿也不可靠，反而助长了恐惧心理。我很害怕会不会有不正常的人突然从暗处冲出来。要是早些回去就好了啊。我感到有些后悔，加

---

1 俊介以为华子说的"ごまんと（多的是）"，就是"ごまん（五万）"。

快了脚步。与此同时，我注意到从我的后方传来了别人的脚步声。听到后面有人，一开始我还觉得有些安心，但是心情立刻就变成了害怕。与那个脚步声一同传来的，还有男人喘着粗气的声音，我感觉他离我越来越近了。没过多久，我意识到男人的呼吸声里夹杂着兴奋的喘气声，进而确定了那个男人是一个不正常的人。我过于害怕，不敢回头看，也没办法加快脚步。趁着这个机会，那个男人的呼吸变得更加剧烈，而且在我的背后一直骂着脏话。我实在是忍不住了，从书包里拿出了手机，给家里拨了电话，用颤抖的手把手机贴到耳朵上。妈妈接到电话的那一瞬间，我小声地告诉了她我的位置以及我被变态跟踪的事实，请求她的帮助。挂掉电话之后，那个男人好像意识到了我刚才在求救，只见他咋了一下舌头，嘴里念念有词，往我的反方向悻悻离开了。

俊介的出现，是在几分钟之后。他上身是短袖，下身只有一条内裤，戴着头盔，两腿跨在小摩托上。一眼就能看出他是匆忙赶过来的，我很高兴。俊介问我"没事吧"，我说"没事"。很不自然的对话。

"变态呢？"

"跑了。"

"往哪里跑了？"

"那边。"我指着那个男人逃跑的方向，"不过，我觉得他已经跑远了。"俊介听了之后，咋了一下舌头，熄灭了小摩托的引擎，一边推着车，一边转身向家的方向走去。我紧跟在他的身后。

又过了一会儿，爸妈也赶来了。他们气喘吁吁地跑到我的身边，一脸担心地问："没事吧？"和爸妈会合之后，俊介冷冷地说一句"那我先回去了啊"，骑着小摩托走了。我和爸妈说了事情的经过还乱发了一通牢骚，我们就这样走回了家。如果我那个时候没有给家里打电话的话，后果会有多么的不堪设想。光是想想我都觉得后怕。

快走到家附近的时候，我注意到家门前停了一辆巡逻车。令人吃惊的是，旁边站着穿着制服的警察，和穿着内裤的俊介像是在争论着什么。"我都说了我不是啊！""不是什么！""我不是变态啊！""我知道了，总之，先上车！"

俊介被误认成了可疑者。后来我才听说，接到我的电话之后，妈妈好像立刻就报了警。出警的警察正巧看到了着装怪异的俊介，就把他给叫住了。通过爸妈和我的解释，警察和俊介的误会算是解开了，但是，那时看到的俊介拼命争论的样子，我一直没有忘记。

最后，由于没有直接的被害事件发生，所以最后就没有填写被害情况报告。警察只是说了让我们多加注意和警戒。从那之后，我就再没有碰到过变态了。

"是啊，那个时候我可真是倒了大霉了。"

"还不是因为俊介你穿成那个样子出门啊。"

"没办法啊，听到姐姐被变态袭击，妈妈气势汹汹地催我，所以我也就急忙冲了出去。"俊介有些不好意思地笑了。

真是美好的回忆啊。去吃拉面的时候，拉面店已经关门；去海边玩，却赶上一场大雨；一起去吃午饭和晚餐，这些都是美好的回忆。想到这些，一种莫名的寂寞感涌上了心头。如果我发病了的话，这些回忆也就会随之立刻消失了吧。最近，我越来越多地开始想这些事情了。这个时候，我会告诉自己：如果自己的记忆消失了，留在别人的记忆里就可以了。我为了让自己从悲伤的心情里走出来，对着坐在旁边的弟弟，在心里默念"请不要忘了呀"，随后悄悄地露出了微笑。

"俊介可真是个好弟弟。"

"干什么啊？这么突然。放心吧，我还会对你更好的。"

 *

车子又行驶了一个小时左右，我们决定在服务区吃饭。买好食券，占好座位。坐在周围的穿着工作服的大叔们，有的在大口大口地吃饭，有的认真地在用牙签剔牙，嘴里发出"嘶哈嘶哈"的声音。

俊介说了"姐姐你在这里坐着就好"，所以我老老实实地坐下了。望着弟弟取餐的背影，我不禁在心里感慨道"弟弟真的是长大了啊"，明明小时候还是个一直缠在妈妈身边的爱哭鬼。

俊介端着托盘回来之后，把两个黑色的碗放在了我们各自的面前。碗里面是有两只炸虾天妇罗的乌冬面。

"小心别烫着啊。"俊介把筷子递给了我。

"耍什么帅啊。"我模仿了他的语调。

"你可真烦，我干吗要在姐姐面前装帅啊。"俊介不好意思地吸着乌冬面，被呛到了。

"俊介真是可爱。"

"别烦我。"

"对了，你和小智美最近怎么样啊？还顺利不？"小智美是俊介的女朋友，俊介带着小智美去过我打工的咖啡店，我感觉俊介配不上温柔可爱的小智美。

"还是那样。"

"什么叫还是那样？"

"嗯，就是感觉没什么好也没什么不好的。"

"又开始耍帅。你可要对她好一些啊。那么好的姑娘，现在可不多见了。"

"你怎么这么烦啊，吃你的饭吧。"俊介用筷子指着我的碗说。我选择无视他。

"你要快点有男人的觉悟，不赶快和她结婚的话。"

"所以，我才说你烦啊。"

"小智美可是特别喜欢俊介呢。"

"为什么姐姐会知道啊？"

"她之前跟我说的。"

"什么？你们单独见过？"

"这是秘密。"

"嗯，倒也不是不好。不过，那种事光用嘴是说不明白的吧。说话这个行为，本身是免费的，想说多少就有多少，而且说了之后，话也不会减少。所以，大家才会很轻率地说什么'我喜欢你''我爱你'之类的话。"

"强词夺理。"

"对一个人来说，如果某句话一辈子只能说一次，那他肯定就不会轻易说出口的。姐姐你就是太相信别人说的话了，所以才会被坏男人欺骗。"

"你看，你又在耍帅吧？好姑娘可不会一直等你的哦，说不定哪天突然就被别的男人给拐跑了。"

"你是真的烦。"

俊介的话，让人听了觉得有些不舒服。说话是免费的。想说多少就有多少。他的这种想法，果然很有可能要怪我才是。可能是由于小时候没有感受到父母的爱，觉得自己从没被爱过，所以，在长大之后，才无法敞开心扉地去接受别人给予的爱。

俊介平时看起来大大咧咧的，其实他是个内心很敏感的男孩。也是个好孩子。所以，我才希望俊介能坦诚地去爱别人，被别人爱，过上幸福的生活。

"对了，前一阵子加奈子办了婚礼。你还记得加奈子吗？以前经常来咱们家玩儿。"一周之前，好朋友举办了婚礼。那是一场美妙到让所有参加人员都感到幸福的婚礼。

"记得。和姐姐关系最好的那个家伙。"

"家伙？你倒是还挺高高在上的啊。"

"然后呢？"俊介用筷子夹起碗里那片薄薄的半圆形的鱼糕，一下子放进了嘴里。

"嗯，婚礼非常精彩，有种幸福的感觉。你姐姐我还演讲来着，回忆起好多小时候的事，泪珠止不住地往下掉，鼻涕也快流下来了。

途中的时候，说不出话来了，真的是太不容易了。"我做了个哭脸给他看。

"什么啊？你这不行啊。"

"虽然你姐姐我说得不太流畅，但是，我真的觉得结婚是件很好的事情。俊介也要尽快和小智美结婚啊，要不然姐姐可能赶不上给你们演讲了呢。"

我半开玩笑地说了这句话，但是俊介却一脸正经地说："别说这种无聊的话。"我本以为他会回我"我怎么可能让话都说不流畅的你来给我演讲啊，白痴"这种令人讨厌的话，结果却大失所望。他默默地吸着乌冬面，表情看起来有些落寞。

气氛突然变得很奇怪，我也默默地吃着乌冬面。

"对了，这种事情，姐姐你自己是怎么打算的啊？"可能是无法忍受沉重的气氛了，俊介开口说，"那个看起来有些轻浮的店长，其实人还不错吧？你不跟他交往看看吗？"

"轻浮""店长"这些词，让我想起了打工的咖啡店的店长。

"不要。"我皱着眉头说。

"你看起来相当讨厌他啊。"

"你听我说，那个人很烦的。老想请我吃饭。说什么'车站前新开了一个寿司店，不跟我一起去吗'，还有'能赏夜景的酒店里的铁板烧，怎么样'之类的。"

"什么啊，这些。"俊介笑着露出了大白牙。

"让我觉得他这个人彻底不行，是在他说了'我家里新买了一套家庭影院，不来我家和我一边喝泡一边看 DVD 吗'这句话之后。"

"泡？"俊介扑哧地笑了，"把香槟说成是'泡'的家伙，绝对是最轻浮的那种人。"

"感觉他走路的时候，都会伴着硬币叮叮当当的声音。"

"是啊。从请客的方法，就能看出他的目的。"

俊介大笑。

"他擅长泡的，应该只有咖啡吧？"不知道为什么，我露出了满足的笑容。

"你果然是个傻子。"

二人同时笑了。

吃完饭出来，看到大厅的门口有自动贩卖机，于是买了两罐咖啡。

"给。"把一罐扔给了俊介，俊介单手稳稳地接住。

"呃，我不喜欢喝甜的。"

"你这么天真这么甜，这个刚好适合你啊。"

往车跟前走的途中，我看到前面有一对情侣手挽手走着，于是我也学着他们，拉住了俊介的胳膊。

"喂，你干什么啊？"俊介把我的手甩开了。虽然天色有些黑了，但还是能看出他脸颊上泛出的红晕。

"怎么啦？被我这样的大美女拉着，你应该高兴还来不及呢。"

"你是不是傻？"

"俊介，你怎么总黏着姐姐？"

"怎么可能？是姐姐你喜欢黏着我吧？"

"答对啦。"我抠着他的腰窝。

"住手，我都说了别闹了！"俊介跑了出去，我也追了上去。特别开心。果然，有个弟弟真的太好了啊。我是这样想的，要是能更早一些跟他关系这么好就好了啊。

在笔直平坦的高速公路上，车子跑了大约有两个小时。听着车载音响传来的歌曲，一边回想着以这首歌曲为主题曲的电视剧的故事，一边享受着兜风的快乐。

"难道是在为我考虑吗？"

在下高速的地方，俊介小声嘀咕道。我不知道他到底在说些什么。

"你在说什么啊？"我问道。

"啊，就是。"俊介稍微停顿了一下，说道，"就是姐姐从家里搬出去的事。"

我笑了。

大声地笑了。

"你在说什么啊？怎么会呢，我只是想自己一个人出去住而已。"

虽然嘴上这样说，但是在笑脸的背后，我其实有些感到过意不去。俊介是因为我才那么想的吗？我心里一紧。

"那，你搬回来住吧。一个人的生活，你已经充分享受过了吧？"

俊介单手打着方向盘，在十字路口右转。虽然他是用普通的声调说的这句话，但是能从侧脸看出他的害羞。

"我考虑考虑。"

我逞强说道。

其实，我是想说"嗯，那我回去"的。

但是，如果现在那么说了的话，我撒谎的事情就会暴露的。

等再过一段时间，我当作什么都没有发生一样，到时候再搬回家里吧。我可爱的弟弟看来是觉得孤单了吧。

车子进入了车站的环岛。从家里出来的时候查过，这个车站是这座城市最大的站。

"把你放在这里真的可以吗？"俊介把车停在了站前的停车区域。

"嗯，谢谢你这么远把我送过来。"我单手解开了安全带。

"你要是需要的话，我陪你吧。"

"没事的。"这件事还没到那种需要人陪才办得了的程度。要是全都跟俊介讲了的话，肯定会被他笑话的。我选择了保持沉默。

"那你怎么回去啊？"

"坐电车慢慢回去就行。"我刚说完，俊介立刻就回了我一句"男子汉"。我装作没听见，取出钱包，把从里面抽出的三张一万日元夹在了副驾驶前面的台子上。

"喂，你这是干什么啊？"

"加油的钱、高速费，还有给你的零花钱。"

"不用啊。"

"好了，就这样，拿着请小智美吃饭吧。"

把门打开的一瞬间，俊介"喂"的一声叫住了我。

"又怎么啦？你可真烦呀。"

"不是，我。"俊介有些难为情。

"怎么啦？"

"我，我会认真的。"

我一时说不出话来，目不转睛地盯着俊介。

"什么？你是不是脑子坏掉了啊？"

俊介把视线移到了前挡风玻璃。

"啊，可能是吧。"他尴尬地搓着烟灰缸的盖子。

"你可真奇怪。"我用鼻子发出了笑声。

"啊，我可能就是个怪人吧。但是，我下面要说的，可一点儿也不反常，你可别会错意了啊。"

"什么呀。"

"纯粹地……"俊介的话说了一半。

"纯粹，什么纯粹啊？"

"我，我想看到姐姐的演讲。"俊介挠着头，看起来很不好意思。

"所以，你一定要来我的婚礼啊。"

有一瞬间，我认真地盯着俊介的脸。几秒钟之后，我又一次大声地笑了出来。

"过几年你要是办的话。"

说完，我就匆匆忙忙地下了车。说实话，要是再跟俊介说这些内容，我肯定会哭的。背后传来了喇叭声，我回过头看。俊介打开副驾驶的车窗，挥着手对我说"下次记得再叫我啊，什么时候都行"，之后发动了车子。

他可真会耍帅。我这样想着，目送着车子离开直到看不见尾灯。

抬头望向天空，繁星点点。突然在眼前浮现了俊介穿着礼服的样子，小智美穿着婚纱，站在他的旁边开心地笑着，还是老样子，俊介又害羞了。等到那个时候，你小子一定要干脆利落一点儿呀。要说耍帅，这可是最佳的时机啊！我在心里对他大声喝道。

八

カササギの計略

　　绕着站前环岛，朝着我第一次来的这个车站的正面走去。说不定，小的时候爸妈可能也带我来过这里，不过我已经不记得了。车站是英式的钟楼建筑，和我想的那种冷冷清清的乡下车站完全不一样。钟楼上嵌着一个圆形表盘，时针指向了十点的位置。车站的周围有百货店等高大的建筑，看起来还比较繁华。在出租车搭乘处，有两辆个人经营的出租车在待机。两名驾驶员站在车外，一边抽烟一边聊着天。路上来来往往的行人不多，只看到零星的上班族和学生打扮的人，神色匆匆地赶在回家的路上。

　　我慢悠悠地走在夜晚的车站前。车站检票口正面的水池旁边，有一个男人抱着民谣吉他坐在那里，仰头看着夜空。周围没有人，感觉他像是在心里默念"请把我的想念送到那里"一样，一个人呆呆地凝望着天空。

我朝着他走去。他没有唱歌，也没有在弹吉他。我不知道自己为什么会被他吸引。男人一头及肩烫发，胡子拉碴，穿着白色 T 恤和褪色了的牛仔裤，看着像三十岁左右的样子。他像是在祈祷，紧闭双眼，鼻子朝着天空。我感觉他是在向宇宙传递着什么信息。

令人怀念的景象浮现在了眼前。

这就是"阿雷西博信息"——

上中学的时候，爱好天体观测的班主任男老师站在讲坛上，对关于一九七四年从阿雷西博天文台向球状星团 M13 发送的脉冲信号信息做了说明。信息里面好像包含了人类的 DNA 构造及其构成元素，还有地球在太阳系中的位置等内容。简单来说，这是为了探究地球外是否存在生命体而发送的信息，也就是"除了你们外星人，还有地球人这个生命体的存在。如果注意到了这个信息，请给个回复"的意思。只是，这个信息还需要两万五千年，才到达球状星团 M13。如果它们回信的话，地球就要在五万年以后才能收到了。

"没有意义啊，到时候人早都死了。"

一位男学生说道。紧接着有几个学生也笑了起来。

"没关系，没关系的。"男老师露出了温柔的笑容，"这个信息，原本是为了纪念阿雷西博射电望远镜的改装成功而发送的，它更像是一个庆祝的活动。但是，等到五万年之后如果收到回信了，难道不是一件很浪漫的事吗？"

"傻吧。"男学生说。我也觉得这很傻。当然，阿雷西博信息传到外星人那里，就算回信能到达地球，等到那个时候，人类早就不存在了吧。但是，我觉得能想象到这一点就已经很好了。只有畅想未来，人类才能描绘出无限的希望。

抱着吉他的男人终于睁开了眼睛，把视线对准了我。

"喂，客人吗？"

和他对视上了的我，下意识地点了头。

"很抱歉，我的歌声你还是不要听的好。"

听了他说的这句话，我不禁"啊"地叫了一声。

"什么意思？"没有任何意图的不客气的语调。

在街上弹唱的人，难道不是想被别人听到才那样做的吗？无法理解他的话，感到耳边一阵阴森。

"即使听了我唱的，也会觉得很无聊。就算被点歌了，我也不会唱的。"

"这样啊……"我又轻轻点头，"但是，那又没什么关系呀。街头音乐人不就应该是这样的吗？在原创歌曲里放入自己想要传递的信息，让周围的人听到。对吧？所以，即使是唱不知名的歌曲，也完全没关系的。"

"不对。"像裙带菜一样的头发摇晃着。

"不对？哪里不对？"

"我的歌，不是给人听的那种。"

我眨了好多次眼睛。那，他的歌是给什么东西听的？"不知道你在说什么，总之，先唱来听听吧。"

"真是个强硬的女人。"听了我的话，男人瞪大了眼睛。

男人干咳了一声，很不情愿地抱好了吉他，粗鲁地拨动琴弦。五根琴弦随意地震动空气，就像是在胡乱寻找实际并不存在的终点一样。接着，他开始唱了。

我被震惊到了。唱歌和弹吉他都很糟糕，已经超过"烂透了"这个次元的界限了，吉他弹得就像是小孩子在把吉他当玩具一样，唱歌也毫无音准可言，基本上都靠吼，对着夜空嚎叫。而且，歌词一直都是"对不起"这一句。这到底算是什么歌啊？但是，男人还一脸正经地继续唱着。不可思议的是，不知道在什么时候，我被他认真的表情所吸引，听得入神了。

没有任何起伏的歌声，持续了大约五分钟，终于唱完了，寂静又再次来到了站前。若隐若现的车站广播，听起来节奏奇妙又温柔。

男人"呼"地吐了一口气，"对吧，很无聊吧？"我意识到自己的嘴巴已微微张开，立刻就又闭紧了。

"不会啊。"稍作停顿之后，我直白地说道，"不无聊，不过也不有趣。"

"诚实的女人。"男人抠了一下鼻尖，"我要是成了职业歌手的话，肯定会哭的。"

你是成不了职业歌手的。再见。我很想这么回他，但是想到这样说的话，可能会激怒或者伤害到他，所以就又把话从喉咙咽回了肚子里。

"你，不是本地人吧？"男人说。

"你是怎么知道的？"

"这里的人，都不会听我唱歌的。"这句台词，可以理解为从以前开始，这个男人就在这里这样唱歌了吧。确实，知道了他的这个水平之后，谁也不会停下来听他唱的吧。"原来如此。"我点头道。又向男人走近了两步，我坐在地上，把自己的视线与男人眼睛的高度平齐。水泥地面的冰凉感，立刻透过牛仔裤，传到了我的屁股。

"你挺闲的啊？"

"我才不闲呢。正好想让你帮我指个路。"

"派出所的话，在车站西口。"

"那，没事了。"我刚要站起来的时候，男人用左手制止我了。

"等一下啊，我开玩笑的。你可真是个急性子。"

我再次坐了下去。

"话说，你想去哪里？"

我告诉了他我以前住的街道的名字。

男人发出了"哦哦"的声音，他的表情就像是偶然在街上碰到熟人了一样。

"去那里的话，从这边坐巴士大概三十分钟就能到了。"男人大拇指指着的环岛那里，有一个不大的带着顶棚并且附着长椅的巴士车站。时刻表灯箱的灯光，已经熄灭了。

"但是，现在这个时间已经没有巴士了。这里毕竟是乡下。"

"看样子是呢。"

"出租车的话，倒还有。"男人冲着个体出租车的方向，转了转手指。

"嗯，没事的。我明天早上再去。"

"这样啊。车站后面，有商务酒店。"这次他把食指指向了我的身后。男人就像是对这个车站王国了如指掌的导游。

"你有钱住酒店吧？"

"嗯，有的。谢谢。"我原本就是这样打算的。晚上到了之后，先找个地方睡一觉，等第二天一大早再开始"搜查"活动。

"你是要去见谁吗？"男人毫不客气地问。我倒是没有觉得有任何的不快感，如果用了奇怪的敬语，反而不值得相信。我是这样的人。

"嗯。上幼儿园的时候，我曾在这里住过。想去见那时认识的一位男性朋友。"我停顿了一拍，"但是，我不知道那个人的名字和他的详细地址。"

男人露出了吃惊的表情。这是很理所当然的。

"还能找到吗？"男人语气冷静地说。

"我有线索。"

"果然很闲啊，你。"

"这是我跟他的约定。'再一起玩儿'，他可能已经忘了吧。我说过要做的事情，就一定会去做的，我想不留遗憾地活着。"对于第一次见面而且才刚见没多久的人，到底在说些什么啊。我自己也吃了一惊。但是，可能正因为是初次见面，所以才能说出这些吧。

"真是个有趣的家伙。"男人放松了两颊，眼神里流露出温柔。

"你。"

"什么？"

"为什么你要唱那句歌词呢？"

面对这个提问，男人陷入了沉思。过了一会儿，他开口了。

"你有伤害过别人或者让别人感到伤心的经历吗？"

他的回话完全出乎了我的预料，我感到心里咯噔一下。伤害别人，让别人感到伤心。我首先想到的是俊介。都怪我，他才会在作为成长关键期的青春期里，内心受到百般折磨，用虚张声势掩盖内心的寂寞，度过了那个不会再来的人生阶段。我经常想，如果我不在的话，他应该会有不一样的人生吧，是我伤害了他。接下来是我的父母。爸妈在知道了我的病情之后，心里一直都很痛苦，对于我的成长，我哭泣的脸，我的笑容，我的一举一动，他们一定都会很难受吧。

我回答了"有"。

"很好。"男人的嘴角绽放出了微笑，"如果你敢说自己是'我活这么多年从来没有伤害过别人'的家伙的话，我说不定马上就会给你一记回旋踢的。这样的伪善者实在可恶。"

"太好了，感谢你没有让我体验奇怪的招数。"

"人只要活着，就肯定会伤害什么，然后感到后悔。"

他这个人的想法真是奇怪啊。不过，我倒是不讨厌这种怪人。

"你是个悲观的人呀。"

"所以我才歌唱啊。为了能让无法原谅的事得到宽恕。"

"你伤害谁了吗？"

男人低头看着地面，说了一声"啊"。

"如果可以的话，让我听听吧。"

"用唱的方式吗？"

"才不是！"我赶忙摇头道，"告诉我发生了什么。"

男人叹了一口气。能感觉到他呼出的气很沉重。

"不能跟别人说。"

"没关系的啊。你跟我又不认识，说起来反而会觉得轻松才对吧？"

我这样说完之后，男人先是把视线移到地面，之后抬头望天，没有说话，一片寂静。注意到的时候，发现车站前已经没有了行人，车站里的广播也听不见了。我感觉连接世界上所有声音的配线都像是出了故障一样。我试着让运动鞋的鞋底与地面摩擦发出声音——如破裂声的轻快的声音。男人听到之后，肩膀猛地一抖，他开口说道：

"我的妈妈。"

"你伤害了自己的母亲？"

"十年前，我妈妈自杀了。她跳进了那里的铁轨。"男人用下巴指了车站的方向。

听到"自杀"这个词的时候，我瞬间感到了困惑，不知道该说什么了。

"嗯，确实会是你那样的表情。"像是理解我的反应，男人点了点头，"但是啊，自杀和生病还有意外事故其实是一样的，不知道哪天它就会发生在自己的身上。"

"这么说倒也是……"

"像滑轮一样。"

"'滑轮',是物理课上学过的那个东西吗?"

"嗯,人都是被滑轮连着的。挂在滑轮上面的绳子,一头的前端是圆环,人的头套在那里面,另一头则是人背负着的'悲伤'与'绝望'的秤砣。当秤砣越来越重,超过那个人所能承受的'重量'的时候,他的身体就会浮起来,半挂在空中。人生就是这样的构造,所以,人才会讨厌'悲伤'还有'绝望'这种词汇。"

男人把吉他收进琴盒,站了起来。说了"稍等我一下"之后,他向着车站环岛尽头的自动贩卖机走去。

听到初次见面的人说"母亲自杀了",不知道该怎么回话。反省自己不应该轻率地打听别人的过去。在我恍惚地摆弄着鞋带的时候,男人回来了。他坐在刚才的位置,递给我一罐奶茶。

"还是说这个?"让我看他右手拿着的罐装咖啡。

"没事,我喝这个就行。谢谢。"我给他看罐装奶茶并道了谢。

男人拉开拉环,喝了一口。"坏的条件全都堆在一起了。"他又开始说话。

"等一下。"我盖住了他的声音,"要是难受的话,不说也没事的。"

说完这句话的时候,我想到了一开始也是我非要问他的。我可真是任性啊。

"没事。我想让你听,所以才说的。正好对面坐着的是不认识的人。"说着,男人微微一笑。看到他这个表情,我也觉得安心了。男人再次不紧不慢地说话了。

"那天，是任谁都会感到忧郁的雨天。上午，妈妈好像给爸爸打过电话，好像问了他'你到底爱不爱我'之类的话。爸爸那时正在开会，没有回答妈妈的质问，直接挂断了电话。我只能想到她可能又是在白天喝酒喝醉了吧。为了去医院，妈妈来到了这个车站。根据站务员的回忆，在检票口的附近，和一位年轻小伙子肩膀撞上之后，妈妈被那人狠狠骂道：'别挡道，老太婆！'后来，她在站台给我打了电话。但是，我没有接。被年轻小伙辱骂，被自己的儿子轻视，特急电车进站，所有的坏条件全都凑到了一起。但凡有一个条件不成立，妈妈可能就不会死了。"

"等一下，你妈妈是生病了吗？"

"啊。在她的包里找到了位于邻站的医院的诊察券。后来我才知道，妈妈多年以来一直被失眠症所困扰。"

"失眠症？"

"啊。妈妈的心受过伤。"

"为什么？"

"因为爸爸出轨了。"

"出轨"这个词和我无缘。我能想到的就是在电视剧和电影里看到的那些尔虞我诈的场面，被香甜的花蜜诱惑，背上一生都无法消失的十字架。如泡沫般的幸福的代价，是被牢牢地束缚，遵从本能的肮脏的大人们，却又抱有某种憧憬。我没有回话，只是点头附和。

"每天都吵架。从他们的房间传来的声音，我大概明白爸爸在外面有女人了。"

我没有见过爸妈吵架，试着想了那样的场景。心情变得很沉重。

"很难受吧……"

"没有，没觉得难受。"

"为什么呢？"意外的回答。

"因为那时我已经是中学生了。我知道人就是那样的生物。"像是好天气的仲夏里的空气一般爽朗的回答。

"真是个成熟的中学生呢。"我这样说道。男人"嗯"了一声。

"现在开始说的内容，是后来我从爸爸那里听到的。爸爸出轨的对象是他公司的一位年轻女子。这件事被妈妈知道了。爸爸道了歉，以给予精神抚慰金和抚养费为条件，商量跟妈妈离婚。妈妈没有同意离婚。爸爸说妈妈不同意离婚，是因为她考虑到正处于多愁善感时期的儿子。但是，我觉得这并不是妈妈的本意，应该是妈妈爱着爸爸，想和他在一起，所以才没有离婚。妈妈即使被背叛了，也还爱着爸爸，所以，那天才会最先给爸爸打电话。"

"那你父亲之后还在维持外遇关系吗？"

"我不知道。爸爸说他后来立刻就跟那个女人断绝了关系，但是，我不知道真实的情况是什么样子。只是，妈妈变得越来越不相信爸爸。她会因为一些细节而怀疑爸爸，跟他吵架。妈妈想相信爸爸，但是却没办法相信，每天都被这样的痛苦折磨着。因为她深爱着爸爸。"

"变得疑神疑鬼了啊。"

"是的。被背叛过一次的人，都会变成那样的吧。而且，出轨的对象实在是太不好了，居然是职场的同事。爸爸每次去上班的时候，妈妈都会开始想一些不好的事情。应该是想忘也忘不掉吧。"

实在是太令人悲伤的内容了。我只能无言地点头。被自己深爱着的人背叛，光是想想，就觉得内心深处仿佛正在被火烧灼一般痛苦。正因为深爱，所以爱才不会轻易消失。正因为深爱，所以才会变得不安，开始怀疑。由不安而生的怀疑，就这一点来说，和妈妈之前讲给我听的那个故事里的人物——达磨岛的笨蛋岛主看似一样，实则他们的本质是完全不同的。加入了"被背叛"这个词之后，怀疑也就变得值得肯定了。

我觉得眼前这个男人的妈妈，一定是一个很优秀的女人。怀疑的同时，也在爱着。即使心已破碎不堪，但爱还在延续。

"从那以后，妈妈每天晚上都喝酒买醉。她本来就很喜欢喝酒，我一直以为我也有一位差劲的醉鬼妈妈。但是，后来我发现自己错了。妈妈不喝酒，就睡不着觉。每天喝的量都在增加，终于只靠喝酒也睡不着了，她开始把安眠药和酒一起喝。后来，不仅仅是晚上，她白天也开始喝了。一定是因为身心都已经支离破碎了吧。妈妈就这样又忍了好几年，一直在忍。再后来，就到了那个雨天。那时，如果我接了电话，如果我说一句'我爱你'，妈妈可能就不会死。"

"你没接电话，也是没办法的事情吧。"我用温柔的语气自然地说道。

"不是的。我那时能接电话，只是故意没有接。"

"啊？"我下意识地大声叫了出来。

　　"我讨厌妈妈。她就知道喝酒，回家之后总是游手好闲，做饭、扫除、洗衣服这些家务，她几乎很少去做。我被同学嘲笑，他们说我有一个酒精中毒的妈妈。所以，我特别讨厌她。"

　　"但是，那是因为——"

　　我刚想说话，就被他的话音盖过了。

　　"是那样的。我不知道妈妈已经身心俱疲到那种程度了。她喝药的事，我也毫不知情。如果知道的话，我肯定会接电话的，肯定会多和她说说话的。根本看不见啊，背后的事情。"我说不出话来。男人继续说。

　　"我在上高中的时候，回到家里看到妈妈在厨房喝酒，还开心地笑着。以为她白天就喝醉了，其实她是在看以前的家庭合影。那张照片，是我还在上小学的时候，全家一起去温泉旅行时拍的。我们都开心地笑着，那时三个人的关系特别好。妈妈是因为看着那张照片才笑的啊。她还一边说着'一家三口在一起，可真好啊'。我就是个傻子，什么都不懂。妈妈，你倒是重新振作起来啊。真是个傻妈妈。妈妈明明已经发出了求救信号……"男人的声音变得有些沉重了。

　　实在是令人难过的故事。人太脆弱了，只是因为一个契机，全部就毁灭了。我是这样想的。知道自己得病的时候，开始觉得人间不值得，开始认为活着实在太痛苦了。但是，那个时候，是妈妈救了我。温柔的语言，善意的谎言，温暖了我冰冷的心。能救人心的，不是酒也不是药，而是有温度的话语。

　　"所以，你才开始唱那首'对不起'的歌了吗？"

男人喝了一口咖啡，缓缓地点头。

"那是妈妈最后说的话。"

"你母亲吗？"

"我的手机有她发来的语音留言，'没能做个像样的妈妈，对不起。'她说整句话时都在颤抖，几乎听不清楚。她是哭着说的。"

"这样啊……"

"我也想对她说，'在你痛苦的时候，我没能温柔待你，对不起。'但是，我已经没有机会说了。所以，我才会每天在这里唱歌。希望她能原谅我。虽然她已经听不到了，歌声也传不到她那里。"可以断言，男人一直背着沉重的十字架。我的心情还是很悲伤。

"但是，你是觉得能传到她那里的吧？所以，你才会唱歌的吧？"

"半信半疑。"男人苦笑着说。

"声音和想念，都能传达给她的。"

"如果是那样的话，就再好不过了。"

"你不相信吧？"

"所以我才说半信半疑的。"

"想念就像岛一样，是会动的。"

我拉开手中那罐奶茶的拉环，喝了一口。牛奶的甘甜在嘴里蔓延，红茶的香气浸满了整个鼻腔。

"你说的是什么啊？"

"岛呀。"

"岛？"

"是呀，岛是会动的。"

我把从妈妈那里听来的达磨岛的故事，告诉给了男人。男人什么话都没说，只是一个劲儿地点头，时而面露惊恐，时而喝着咖啡望向夜空，紧接着又再次点头。

"真是个好故事。"

"你应该不信这个故事吧？"

"我信。"

"真的？"

"岛会动的故事，我也听过别的版本的。"

"真的假的？"

"骗你干什么。倒是你说的才不可信吧？"男人眯着眼睛，"夏威夷群岛正在接近日本呢。听说是地球内部热能的对流，造成了太平洋板块的移动。"

"真的吗？它们会连在一起吗？"

"非常遗憾，不会的。在那之前，夏威夷群岛就会沉没的，不过，即使它不会沉入海底，而是与日本连在一起的话，也是几千万年以后的事情了。"

"在夏威夷和日本，也许会有互相祈祷着的人吧。"对于不可能发生的事情，我满怀相信地说道。

"可能会吧。祈祷夏威夷不会沉没，明天早上就会和日本连在一起。"

"是的呢。只要祈祷，想念就会被传递到的。"我觉得，不可能的事情也可能会发生。

"如果我的想念也能传到妈妈那里，她能原谅我就好了。"

男人的话带着一股悲凉感，回响在我的耳边。眼前这位失去母亲的男人、俊介和爸妈，还有我的朋友的不安，突然全都涌上了我的心头。我面无表情地望着他。

"怎么了？"

"别再唱'对不起'那句歌词了，好吗？也别再想被原不原谅了吧。"

"怎么了啊，这么突然。"男人一脸惊讶。

"那不是还活着的人的自我陶醉。"

男人没有说话，皱着眉头。我也被自己说的话给吓到了。他没有任何错。不应该责怪他。对于刚认识没多久的人，于情于理也不应该说那种话。我所做的事情，只不过是迁怒于别人罢了。尽管我明白这一点，但还是没能把话憋在肚子里。

"我的意思是你说的'对不起'，其实和'要是在她活着的时候，给她做了这个或者那个就好了'是一回事。说这种话，难道不就是还活着的人的自我陶醉吗？"我意识到自己的话说得有些过了，特意缓和了语气，"我只是觉得，你一直以来做的事情令人感到悲伤。"

男人没有说话。

"你的'对不起'传到母亲那里的时候，她会怎么想？"

我这样说完，男人的视线移到了地面。他看起来像是在思考我说的话。

"难道她反过来不会认为是自己的死让儿子深陷痛苦，而自责悲伤吗？"男人还是没有说话，不过，我的话还没有说完。

"比如说，就算是再悲伤的死法，她也是希望周围的人能保持微笑。想起自己的时候，希望他们能想到和自己一起度过的欢乐时光，希望他们能觉得和自己的相遇是一件幸事。她是绝对不会想让别人对自己说'对不起'的。"

沉默了一阵之后，我说："对不起，我说了傲慢无礼的话。"

男人抬起头。

"真是个不可思议的女人。"

"我吗？"

"是的。因为你说的话，像是死去的人说的一样。"

"我只不过是想象了我死去之后的事情罢了。我并不悲伤，只是我死之后，我深爱的人会感到很心痛。"我喝了一口奶茶。男人看着我和他之间的天空。时间在流逝着。

"啊。被你说了以后，我反而觉得轻松了不少。"男人扬起嘴角，露出了虎牙。

我也做了一个笑脸，再次陷入了沉默。我又想到了俊介和爸妈还有朋友。

"妈妈虽然对我说过'没有尽到父母的职责，对不起'这种话，但实际上，她是个很负责的母亲，教会了我很多重要的事情。"

"重要的事情，指的是？"

"一直爱别人。我现在还活着的爸爸虽然办不到吧，但是我妈妈做到了。"

我深深地点头。

"是呀。这可不是件容易的事啊。"

看着天空，发现星星比刚才多了。从站台传来了微弱的广播声，也能听见电车缓缓滑进站台的声音。

"那，我差不多该走了。谢谢你跟我讲了这么多。"我站起身，拍了拍屁股。

"啊。"男人从琴盒里又取出了吉他，"我再唱一首，已经想好新的曲子了。"

"不用弹吉他也可以的吧？"

我用嘲笑的口吻说道。

"不行，没它不行。"

"为什么？"

"不拿吉他，会被警察盘问的。"男人脸色阴沉地说。

我试着想象了一下他不拿吉他的样子。

"还真是。"我笑道。

男人笑着说："要是能见到以前的朋友，那就太好了啊。"

我点头说了声"拜拜"，朝着车站的后面走去。不一会儿，就听见了他那胡乱弹奏的吉他的声音。

进到酒店的房间之后，我没有立刻睡觉。一晚七千日元的单人房，室内空间的一半都被床占据，紧挨着旁边就是放着电视的柜子，再没有什么别的东西了。躺在床上，从包里取出日记手账。趴在床上拿着笔，写好了今天要做的事情。

合上手账，想起了在站前遇到的那个男人，还有那个男人的母亲。我没有像她那样地爱过别人。我也想全身心地爱别人，同时也被别人爱着。多久没有谈过恋爱了啊？想试着谈一次。

把手账放进包里，拿出了手机。"明天不用去打工，所以我决定去以前住过的城市旅行。刚才已经到了车站，我现在在在商务酒店。是俊介送我过来的。应该会有不少有趣的旅行见闻可以讲给你听，还请你好好期待呀。晚安。"写完邮件之后，点击了"发送"。是发给妈妈的邮件。

我开始一个人住的时候，妈妈和我约定了三件事情。第一，每天早晚各发一次邮件。第二，定期检查身体。第三，觉得身体稍微有些不舒服了，就立刻去医院。当然，我从没想过要去违反这几个约定。

立刻收到了妈妈的回信。"你去了远处呀。一定要时刻注意安全哦。我还以为俊介又去哪里闲逛了，没想到他原来是和华子一起出去的啊。你爸爸在客厅一边看电影一边打瞌睡呢。那，等你给我讲旅行中有趣的故事。注意安全，好好享受旅行。晚安。"我看着邮件，嘴角不禁微微上扬。从那以后，我就非常爱我的家人了。

熄灭了房间的灯。在昏暗中，我又给妈妈写了一封邮件。"谢谢。"用手摸着找到包之后，把手机塞了进去。

希望明天能见到巴农。我一边祈祷，一边闭上了双眼。

*

　　早上七点退房，在一层的小餐厅里吃完自助早餐，我来到了还很安静的巴士车站，坐上了车。我刚到巴士车站没多久，一辆米色的大巴士就出现在了我的面前。一个小时只有两趟的巴士，如果错过了这趟车，就必须再等三十分钟了。

　　去往郊外的巴士，乘客也很少。在车上的除了我，就只有一位和我在相同地点上车的老绅士以及一位中途上来的抱着孩子的妇女。巴士沿着既定路线缓缓前行，时而在按压式交通信号灯的前面停下，时而又慢慢地向前行驶。

　　巴士摇晃了十分钟左右，站前的城市风景完全消失了。一转眼，车子已经行驶在了乡间的河边路上。刚才在车站的时候，四周全都是高楼大厦，现在一眼望过去，看到的是河对面草木茂盛的大山还有山脚下的街市。又过了十分钟，巴士驶过一座白色的桥，开始沿着河边的另一侧前进，我才发现巴士行驶了这么久，却还没有停过车。原来是车站没有人等车，巴士直接甩站了。田园风景的色彩越来越浓厚，河堤上的指示牌写着"禁止用鲇鱼做诱饵的方法来垂钓鲇鱼"。这句话，看似是在警告违规行为，其实我觉得它也有在宣传这里河水清澈的意思吧。确实，虽然车道离河边还有一段距离，但是能清晰看到水面上反射出的美丽阳光。望向河堤的时候，发现有几个戴着头盔的少年在骑车竞相追逐。看到这不常见的乡村风景，我的内心也激动了起来。虽说这里曾是我上幼儿园时居住过的地方，但是我对这里并没有什么乡愁。也可能是对忘记了的事物，反而产生了更加强烈的新鲜感吧。我是这样想的。

巴士又摇了一会儿，我要下车的那一站的站名被车内广播报了出来。我慌忙地按下了准备下车的按钮。"哔——"，滑稽的电子音响彻整个巴士，这个声音像是在嘲笑我的惊慌失措一样，我突然觉得有些不好意思了。

巴士缓缓地停了下来。伴随着放气的声音，车门打开了。我从发出响声的巴士上小跳了下去。

脸和手腕感到一股强烈的热气。抬头看着与印有"成北巴士"这几个字的巴士颜色相同的站牌。从已斑驳脱落的涂料和铁锈的痕迹，能看出它的年代感。巴士残留的尾气的苦味完全消失之后，我挺了挺胸，伸展了一下胳膊。耀眼的太阳光炙烤着柏油路。我深吸了一口气，让甘洌的空气充满了整个肺部。心情大好。

从河堤上往下走。更加小心地顺着水泥台阶向下。

河畔肆意生长的茂盛的夏草，高度快到达我的膝盖。我一边用小腿拨开草丛，一边注意着地面不规则的石子小心前行。

来到了河边。听着水流的声音，眺望河面。宽八十米的缓缓流淌的大河，并没有在愚昧地炫耀着它的存在感，它悄无声息地溶化在了风景之中，就像是看透了一切，守护一方水土的神一般。

从包里拿出手机，启动拍照功能，照下河川的景色，把这张照片通过邮件发送给妈妈。立刻收到了回信。"早呀。这是成北川吧！真漂亮。小华子以前经常在这里玩儿呢。对了，稍微转换一下话题，你是一个人旅行吗？还是说有男孩子和你一起？俊介告诉我说，你好像是要去见哪个男孩子。"

看到"男孩子"这个词，我不禁笑了出来。这次的旅行，不是和男孩子一起，而是为了去见男孩子。

"一个人旅行哦，为了收集回忆的一人旅行。告诉俊介，等着我回去好收拾他的。"我又发了一封邮件给妈妈。

我欣赏了一会儿河川的景色，紧接着就又爬上了河堤，向着河流的上游走去。在刚才走过的那座白桥的反方向，有一座坡度平缓的灰色拱桥。那座桥，应该是我小时候和巴农一起玩耍过的地方。模糊的记忆而已，并没有什么根据。当然，这只是我的直觉。

我一边望着田园般的景色，一边悠闲地走着。随着太阳位置的升高，温度也着实上升了。额头上浮现了汗珠。

走了大约十五分钟，到达了那座灰色的桥。那是一座水泥制成的大桥，黑色的桥墩上，苔痕清晰可见。走到桥的阴影处，气温好像一下子就变低了，突然感觉很凉快。近处就是群山，能听见从各个方向传来的蝉鸣。汗珠慢慢冷却，我的心情也好了许多，在凉爽惬意的氛围里，我脑海中模糊的记忆也开始复苏了。

桥身遮住了我的头。抬头望着这座桥的时候，我确信了。没错，就是它。车辆在桥上驶过的声音，空气中的水分子在鼻腔中冷却湿润的感觉，与此同时感受到的水和草的湿气的味道，它们不断地在唤醒我的记忆。我以前和巴农在这里一起玩耍过，也就是在这里遇见蒲公英的。在我的脑中，鲜明而又亲切的记忆苏醒了。

夕阳下的桥边，身穿短袖短裤的少年，手持木棒来回挥动着。是巴农。"巴农"，是当时非常流行的一个特摄剧里的主人公的名字，至于它是机器人还是改造人，我已经记不清楚了。

幼年时代的我，就在他的身旁。巴农喊着他给我起的外号"米歇尔"。"这里！"他一边喊着，一边跑向桥头。

"米歇尔"是"巴农"想要消灭的邪恶组织头目的名字。不过，我倒是没有对于自己被迫扮演恶人而感到不高兴。因为米歇尔很厉害。在每周播放一集的这个电视剧里，巴农每周都会把邪恶组织逼到命悬一线，但是，每集快到最后的时候，米歇尔都会出现，然后将巴农击败。巴农始终无法战胜米歇尔，而且每次都输得很惨。

但是，最后一集不太一样。即将被击败的巴农用了苦肉计，他下定决心自爆。巴农紧紧地绞住米歇尔，飞向宇宙。天空中像是绽开了一个巨大的烟花，巴农和米歇尔一起消失在了宇宙，地球又恢复了往日的宁静。令人催泪的大结局，到最后，米歇尔也没有输给过巴农。我感受到了米歇尔强大的魅力。

二人在我的眼前跑着，我追在他们的身后。二人跑到桥头停了下来。在他们的脚边，有一个纸箱，周围什么东西都没有，那个纸箱越发显得突兀了。

"哇——"

巴农看了一眼纸箱的里面，感叹地叫了起来。

"小狗。"幼年的我说道。巴农用他那并不灵活的双手，从箱子里捧出了那只奶油色的毛茸茸的动物。"是小狗。"

"真可爱。"

小狗吐出了小小的舌头。在微风的轻拂下，软软的毛缓缓地摇着。

"让我摸摸。"幼年的我，从巴农的双臂里，小心翼翼地把小狗接了过来。我的脸和它的脸对在了一起，它的小鼻子凑近我，舔着我的嘴唇。

"它是不是被人扔了呀？"

"可能是吧。"

"怎么办？"

"什么怎么办？"

"这只小狗。"

"怎么办好呢。"

"能让它去巴农的家里吗？"

"啊？我家？"巴农尖声叫道。

"毕竟，它自己在这里，也怪可怜的。"

巴农"嗯"了一声之后，问道："米歇尔的家里，不行吗？"

"我妈妈受不了动物的毛，所以不让我养小动物。"

幼年的我说明了理由之后，巴农一时陷入了沉默。

"好吧，那就由我带回家吧。"

"那，给它起个名字吧。"

"蒲公英就挺好的。"

"啊？为什么？"

"它的脖子毛茸茸的，很像蒲公英。"

"蒲公英。"

"蒲公英——"

眼前这片光景中的两个孩子，开心地笑着。

马上又浮现出了另外的记忆。

是我搬家前一天的记忆。我和巴农两个人，在夕阳下的河边。幼年的我抱着蒲公英走着，夜蝉悲鸣，日暮西山，映在瞳孔里的景色，仿佛都被染上了一层忧伤。

巴农在哼着歌，是幼儿园里学过的《七夕之歌》，我也和着他的旋律，哼唱了起来。

"牛郎和织女，好可怜啊。"巴农说。

"是因为他们不能每天见面吗？"

"嗯。"

"真的。好可怜。"

"好可怜呀。"

二人又哼唱起了《七夕之歌》。

"再一起玩儿啊。"巴农对幼年的我说。

"嗯。"我也看着巴农。

"我会来找你玩儿的。"

"嗯。"

"拉钩。"

"嗯，拉钩。"

截止，我们继续唱起《七夕之歌》。

"对了，你见过流星吗？"

"没见过。"

"是呀，我也没见过。在我们睡着了之后的深夜里，流星会出现的。"

"好想看啊。"

"等我们再长大一些，一起去看吧。去看流星雨。"

"嗯，拉钩。"

"拉钩。"

被夕阳染红的二人的背影，慢慢地模糊了。记忆清晰地复苏了。

和巴农说好了一起去看星星的。

我从包里取出日记手账，在最后一页写上了"和巴农去看流星"。想快些和巴农见面。

我再次登上防波堤，走到了马路上。车流还是很少。我横穿马路，来到了能容一辆车通过的小路，路两旁整齐地排列着古朴的日式房屋。我走在围墙的影子里躲避阳光。

走了大约十分钟之后，似曾相识的风景出现在了眼前。年代感久远的日式房子，布满铁锈的招牌，微微响着的风铃，褪色了的冰柜，推拉门上贴着的花火大会的海报。我内心深处的记忆复苏了，这是我以前常来的那家零食店。

幼年的我和巴农再次浮现在了眼前。二人飞快地冲进了零食店，我紧跟在他们身后。系着米色围裙、一头烫发的老婆婆坐在里面，店内狭窄的空间里摆满了零食。

"我要一个气球冰激凌。"巴农把硬币递给了老婆婆。

"冰激凌在门口的冰柜里放着，自己去取吧。能拿到吧？"

"能拿到。"巴农对老婆婆竖了大拇指，然后就去外面了。我紧跟在他身后。

"巴农，你的钱是从哪里来的啊？"

"嘿嘿嘿，想办法弄来的。"

"不好吧？从阿姨的钱包里偷钱……"

"才不是呢。"巴农一边用手在冰柜里翻着，一边说道，"电视下面，柜子下面什么的。"

"啊？你太厉害了吧！"幼年的我天真灿烂地笑着。

"是吧！"巴农露出了得意的表情。"给你。"巴农拿了两个裹在橡胶包装里的冰激凌，把其中的一个递给了幼年的我。

"谢谢。"

"看，这样吃。"巴农咬着橡胶包装的前端，吮吸着里面的冰激凌。幼年的我模仿着他的样子，在包装的前端咬开了一个小口，愉快地吮吸着。

"啊！"

看向发出怪叫的巴农。他的脸上全是白色的冰激凌。

"怎么啦？"

"爆炸了。哈哈哈。"

二人捧腹大笑。

令人怀念。回过神来的时候，我发现自己正站在烈日下的冰柜前面。我再次走进了零食店。

"怎么了？进来又出去的。"刚进去，零食店的老婆婆就向我搭话道。

"啊，对不起。我想起了以前小时候的事情。"

"哦？你，以前来过这里？"老婆婆的脸，比起刚才看到的，皱纹变深了，色斑也多了不少。她慈祥地望着我。

我点头道："请问，有气球冰激凌吗？"

*

"哦。那么久以前，你在这里住过啊？"

我用手的温度让复刻版的气球冰激凌融化了一些，像巴农以前那样小心翼翼地把它咬开，吮吸着。香甜的牛奶味在口中扩散融化。虽然不可能记得它以前的滋味了，但是总觉得现在这个味道就很令人怀念。

"老奶奶，你不记得我了吗？我以前经常来的。"

"这附近至少有几百个孩子，都是我看着长大的。年纪大了，不记得啦。"老婆婆笑着说道，她脸上的皱纹更深了。

"说的也是呢。"我也跟着她笑了起来。

"不过啊，现在这里已经没什么孩子了。"老婆婆悲伤地说。她感叹现在的孩子几乎都不出门玩耍了，说以前这里的孩子们喜欢抓蜻蜓，净是在户外玩耍的。说到孩子们给地里施了很多肥的时候，她大声地笑了起来。继续笑着聊了一阵子这个话题之后，我终于开口问道：

"老奶奶，你知道这里住着一户养了博美犬的人家吗？"

老婆婆皱起了眉，可能她并不知道博美犬是什么吧。

"大概这么大。"我用拿着气球冰激凌的手和另一只空着的手向她比画着，"小狗的脖子，毛茸茸的。"

"脖子毛茸茸的……"老婆婆手撑着额头，做思考状。

"有个人带着狗，经常过来。"

突然，老婆婆用拳头敲击了手掌。

"你认识他？"

老婆婆张大了嘴巴和眼睛。

"你，是不是和带着狗的那个孩子，一起来过这里？"

"嗯，是的！来过，来过！你记得我们呀。"

"不是，我不记得你们长什么样。"

"啊——"我夸张地歪了一下脑袋。

"那只狗很有特点呢。"老婆婆眯着眼睛，捂着嘴笑道，"我记得有两个人带着狗一起来过。"

老婆婆一边抚摸着我的肩膀，一边说道："真是长大了不少呢。"

我也开心地笑着，感觉仿佛回到了小时候。

"话说，那只狗现在可是这里的明星呢。"

"因为上电视了吧。"我说出了早间新闻节目的名字。

"是的，是的。你也看了？"

"嗯，看了的。我现在虽然不住在这里，但是因为太想见它了，就从很远的地方过来了，想找到养狗的那户人家。"

"嗯，那应该是冈部家的狗吧。你看，朝那里直走，在电器店的那里左拐，然后再这么走。"老婆婆认真地用手势告诉我该怎么走，但是在她说的途中我已经觉得糊涂了。"等一下。"我从桌子上取来纸和笔，她给我画了一个简易的路线图。

"他妈妈经常带着狗出来散步。"

"谢谢。"我紧紧地抱住了情绪激动的老婆婆。目的地就在眼前。"老奶奶，我最喜欢你了。"

被我抱着的老婆婆好像有些困惑，"能帮到你就太好了。"她抚摸着我的后背。

我又跟她道了一次谢，挥手说了"我还会来的"。

从零食店出来之后，太阳还是毫不留情地炙烤着大地。知了也在不停地叫着。

我紧握着老婆婆给我画的路线图。感到有些紧张。见了的话，先说什么好呢？他还记得我吗？巴农现在还住在老家这里吗？如果他不住这里了，我该怎么问他现在的住址好呢？真的会告诉我实话吗？想了很多很多。好了，顺其自然吧。我就是这样的女人。

*

挂着"冈部"的门牌的院子里，盛开着白色和粉色的源平小菊。我虽然也喜欢华丽绚烂的卡特兰花，但是也喜欢这种悄悄绽放的素雅的小花。

按了门铃对讲机之后，过了一会儿还是没有人回应，但是玄关的门开了。从屋里走出一位身材小巧的五十岁左右的黑发女性。院子里的源平小菊，大概也是她种的吧。不知道是不是对门铃对讲机里的声音有了反应，屋里传来了小型犬特有的"汪汪"的叫声，应该是蒲公英。

"您好。"我点头打招呼道。

"你好。"那位女性的表情里带着几分警戒。她应该就是巴农的妈妈。

"我十五年前在这里住过，当时和您的儿子关系很好——"我努力不让自己看起来很可疑，用着礼貌的词语，告诉她我是因为在电视里看到了小时候和巴农一起在河边捡的蒲公英，觉得很亲切，所以才想来找巴农。当然，我没有向她说自己的病情，我担心巴农妈妈会觉得我脑子有问题，不过，她的反应却出乎了我的预料。

"你是小华子吧？"突然被叫到名字，我慌了一下，在还没理解是怎么回事的时候，我回了一句"是的"。

"真是长大了不少呢。"巴农妈妈的脸上绽放着笑容。

我对于自己的脑海中没有和这位女性见过面的记忆而感到震惊。

"我见过您吗？"

"见过呀，虽然只有一次而已。你以前来过这里的。嗯，我记得我儿子喊的是你的外号，叫什么来着……"

"米歇尔。"我说。巴农妈妈微微点头。

"对，对，他是这么喊你的。当时，你笑得特别可爱，跟我打招呼说'初次见面，我叫华子'了呢。我那时觉得你是个惹人爱的特别靠谱的好孩子。"

"真的吗？"我连连吃惊，挠着头说，"真是不好意思，我都不记得了……"

"对了，你有时间吗？进来坐一会儿吧。"巴农妈妈摇着乌黑的秀发，笑容也更浓了。

我用不输给她的笑容，回答道："好。"

客厅是"L"字形的，被分成了两个部分。放着大的餐桌的区域和我们所在的会客区。

"话说，我儿子第一次带女人回家，我当然记得了。不过也就这么一次，之后也再没见过了。"她把幼年的我称作"女人"，我感到有些哭笑不得。

"像是老年人才吃的点心，要是不嫌弃的话，你也尝尝吧。"巴农妈妈把水羊羹和凉茶放在了玻璃矮桌上。

"才没有那回事呢，我很喜欢甜食的，能吃到真是太开心啦。"我示意道。紧接着说了一句"我开动了"。到了别人家里做客，本应该拿些特产的。我反省自己的不周。

"小华子，你和我儿子念的不是同一所幼儿园吧？"

"嗯。"我说了自己上的幼儿园的名字。

"是啊。我听那小子说小华子搬家了，就去问了幼儿园的老师。结果他那所幼儿园的老师说他们那里并没有叫华子的孩子。我这才知道你跟他不是同一所幼儿园的。"

"要是把新家的地址也告诉给冈部君就好了。不过当时太小了，没有意识到。"巴农妈妈还记得我，我感到非常开心。

我坐在沙发里，蒲公英趴在我的膝盖上。我刚进到客厅的时候，蒲公英害怕地叫着。不过，巴农妈妈把它抱起来给我之后，它立刻就变得温顺了，还舔了好几次我的嘴唇。

"蒲公英，好久不见。不知道你还记不记得我呀。"

我把蒲公英抱到面前，靠近我的脸之后，它又舔了我的嘴唇。这个触感又勾起了我的回忆，怀念过去的时光。蒲公英左右摇着它那蓬松的毛尾巴。

从客厅的窗户望去，能看到修理得非常整齐的庭院。记忆逐渐地复苏。不过，那只是很模糊的印象，算不上清晰。我的眼前浮现了以前和巴农在庭院里玩耍的身影。我确实来过这里。

巴农妈妈坐在对面的沙发上。她告诉我巴农为了上大学，离开了老家，在外地一个人生活。

"抱歉呀，你好不容易来一趟。"巴农妈妈并没有什么错，但她的脸上像是写满了歉意。"没事的。"我一边摇头说着，一边抚摸着膝盖上的蒲公英。它闭着眼睛，看起来像是很舒服的样子。

"冈部君是个什么样的人呀？我一直没有见过他，不知道他长成了怎样的青年。"

"嗯。这么说有可能是做父母的偏袒孩子，不过他确实是个很认真本分的好孩子。一般来说，男孩子不是都有反抗期，而且喜欢做恶作剧的吗？但是啊，那个孩子从来没做过那样的事情。而且他也几乎没有生过气。所以，我反而有些担心他了。"

过于反抗也会让人担心的。我想起了俊介。

"那个孩子，只要看见有困难的人，就绝对不会放手不管的，也不会拒绝别人。不知道该说他是个没自信的人，还是该说他人太好了。"巴农妈妈笑着说。我又说了一句"我开动了"，把水羊羹送进了嘴里。柔滑的口感，优雅的甜味在嘴里扩散开来。

"认真温柔的男生最好了，温柔的男生很受欢迎的。"

"可能是吧。"

"他现在有交往的对象吗？"

我很干脆地问道。如果我去见他，反而造成了麻烦，那可就不好了。如果他有女朋友的话，那我就必须好好考虑该如何接近他了。

巴农妈妈听后笑出了声。

"没有，没有，他才没有呢。他平时不擅长和女孩子打交道。肯定是这样的。啊，我不是那个意思。他还住在这里的时候，我没觉得他像是有了女朋友。他首先就不是个善于交际的人。"

"这样啊。"

"他想联系我们的时候，也只是发邮件。所以我也不是很清楚他的情况。"

"对了，对了。"巴农妈妈像是想起了什么似的，从沙发上站了起来，对我说"你先和蒲公英玩一会儿，稍等我一下"，然后从客厅出去了。

我抚摸着膝盖上的蒲公英的软毛。蒲公英舒服地闭着眼睛，用鼻子哼哼着。手掌感受着温柔的热度，我望向庭院。

幼年的我和巴农还有蒲公英，在愉快地玩耍。虽然只是模糊的记忆，但是确实就在那里。记忆这种东西，就是这么一回事吧，平常被许多其他的记忆所淹没，看不见的那个记忆，在某个契机之下——就像是被风吹走它上面的遮盖而突然现身，拼命地用铲子来回挖着，终于见到了它的真容。就是这样的吧，没被注意到的埋没的记忆，可能在每个人的身上都有很多吧。我这样想着。

过了一会儿，巴农妈妈回到了客厅。

"这个，这个。"

她双手捧着两个很大的册子。我马上就看出来那是相册了。

"看这个。"巴农妈妈把其中的一个相册平放在桌上，快速地翻着里面的照片。然后，用手指指着其中的一张照片说道："就是这个。"

两个孩子在无忧无虑地笑着的照片。一个是巴农，另一个在他旁边的，是幼年的我。我脑海中对巴农长相的记忆变得更加浓厚了。

"真是令人怀念呀。"我不禁大声叫道。可能是被我的反应惊吓到了吧，膝盖上的蒲公英猛地动了一下耳朵。

"是吧。这是小华子来我们家玩的时候，在院子里照的。"

"能让我看看吗？"

"好呀。请，想看多少都行。"巴农妈妈还是一如既往的笑容满面。

我翻看着桌上的相册。一册是幼年时代的，另一册是从小学到中学时期的。巴农已经长成了仪表堂堂的少年，他一头浓密的黑发，看起来很聪明。

"真是个帅气的小伙子。"

"我也觉得他长得不错，不过就像我刚才跟你说的，他的性格，有些过于内向了。"巴农妈妈苦笑着说道，"小华子，要成为他的女朋友吗？"

我不知道该回什么好了。紧接着，巴农妈妈笑着说："开玩笑的。"

但是——如果性格好的话，跟他交往倒也不是不行。我这样想道。

"我可以去见冈部君吗？"

"当然可以啦。他应该会很高兴的吧。不过，也可能会吓得闪了腰的。"说着，巴农妈妈从客厅取来了纸和笔，把巴农的住址写给了我。我接过那张纸，对她表示了感谢。我发现他离我现在住的地方，并不是很远。但是这也是没有办法的事呀。对于绕了远路的自己，我剩下的只有苦笑。

"你要他的电话号码吗？"

"不用了，没事的。我想去吓吓他。"

"那，我就不跟他说今天的事好了。"巴农妈妈用食指在嘴唇上比画了一下。

我微笑着点了点头。巴农见了我会是怎么样的反应呢？这么多年我一直在等他，这次给他一个小小的惊吓，我应该不会因此而受到什么惩罚吧。

又和巴农妈妈聊了一个小时左右，最后我亲了一下蒲公英。碰到我的嘴唇的时候，我感受到了它的鼻子很凉。

对巴农妈妈道谢之后，我离开了冈部家。走出玄关，深深地鞠了一躬，再次向着河滩走去。正午时分，太阳在头顶的正上方，手机响了，是俊介发来的邮件。

　　*

"喂，去看这个吧。现在就去。"

车子在红灯前停了下来，我翻开在便利店买的时尚杂志中电影宣传的那一页，拿给坐在驾驶席上的俊介看。

"你好好看看，这个活动还没开始啊。"

被他这样说，我赶紧又看了一眼。双肩下沉，很是失落。

"真是太狡猾了，我懂你现在马上就想去看的心情。什么时候开，什么时候放出新消息，不管是等一周还是等一天，都会觉得急不可耐。"

"广告就是这么回事啊。那个电影，可是姐姐喜欢的导演拍的。还有，也不知道是谁，整天叽叽喳喳地说这个电影好呢。"信号灯变成绿色，俊介启动了车子。

"哦，什么叫叽叽喳喳呀。"我胡乱揉着俊介打理得很整齐的头发说。"喂，我都说了别摸了！要是一会儿出了事故可怎么办啊！"

"太夸张了吧。"

俊介噘着嘴。

"听好了，你要是再这样，我就不带你去看那个电影了啊。"

"啊——你怎么这样啊——"我故作娇嗔地说，"你是不是以为我会这么说？有很优秀的男生会陪我去看的。"

俊介瞥了我一眼。

"什么啊，你有男朋友了？"

"嗯呢。"

"啊，果然，你是去见男人了吧。"

"不是的。"我又摸了摸俊介的头。

"我都说了，危险啊。真的。"

从冈部家出来之后，我收到了俊介的邮件。内容是"我来接你了，你在哪里"。

"话说，俊介，你为什么在这里啊？"

"为什么？你太过分了吧。我明明是来接你的啊。"

"果然，俊介是姐姐控呢。"

"你是不是傻啊。才不是呢！收了你那么多钱，要是不来接你的话，肯定又要被你叽叽喳喳地抱怨个不停。"俊介说。

"你再说一遍，什么叫叽叽喳喳？"

"话说，咱们现在就返回吗？好不容易过来一趟，不顺便去哪里转转？"

"那，在这边吃个午饭再回去吧。"

　　把车子停在了站前的投币停车场。路过英式钟楼，走进了车站后面的比萨店。我说想吃好吃的比萨，俊介马上就查到了。这家店只有六张桌子，算不上很大，但是生意看起来相当红火。我点了玛格丽特比萨，俊介点了适合男孩子吃的面饼上满是香肠和火腿的马切莱奥比萨。被告知要等十五分钟才能烤好，俊介抱怨的声音大到店员都能听见，我赶紧提醒了他。他带着一副闹别扭的表情，看着菜单上红酒的那一页。我狠狠地瞪了他一眼。

　　"喂，你今天开车来的吧？而且，你还是未成年呢吧！我真的要生气了。"

　　"我就是看看。"他皱着眉头，做出了"傻瓜"的嘴型。我选择无视他。

　　我取出日记手账，把刚才巴农妈妈给我的地址重新写了一遍。然后，翻到手账的最后一页。在罗列的文章的最后，追加了刚才在时尚杂志里看到的电影的名字。

　　"这是什么啊？"俊介眯着眼睛。

　　"死之前想要做的事的清单。"

　　我刚说完，俊介"哈"了一声，鼻子发笑道："你可不要写一些很无聊的事情啊。"我叹着气回他道："你根本就不懂。我又不是因为生病才写的。只是，写了这些东西之后，人就会变得有所行动的。光是想着做这个或者做那个的人，到最后绝对是不会做的。等到察觉到的时候，发现自己已经变成老爷爷老奶奶了，想着要是当时做了这个或者那个的话就好了。肯定会后悔的。"

俊介说了一句"这样啊",拿起放在桌上的玻璃杯,喝了一口水。

"俊介没有想做的事情吗?"

"想做的事情?"

"想做得不行了的事情。"

"嗯——"俊介手托着下巴,做思考状。

"对了,比如说想吃乌尤尼盐湖的煮鸡蛋,想开加长轿车环游日本,想喝燕窝喝到饱什么的。平时做不到的事情里,肯定有你想要做的吧?"

俊介竖起了食指。

"用自己的膝盖,去顶小痞子膝盖的后面。"

"……什么啊,你这。会死人的吧?"

"是呀。"俊介笑着说。我也跟着笑了。

这时,从背后传来了男性的声音。

"不好意思,打扰你们聊天了。"

一位身穿白色衬衫和黑色围裙的男性,站在旁边说道。

"啊,怎么了?"

看我一脸吃惊的样子,男人笑了。因为穿的衣服完全不一样,稍微迟疑了一下,我才认出他就是昨天弹吉他的那个男人。柔软的头发整齐地梳到了脖子后面,看起来很时髦。

"什么'怎么了'啊,这是我的店。"男人指了指自己的脚下。

"这样啊。"我感到更加吃惊了。一直以为他的工作会是很随便的那种。不能以貌取人，我反省自己。

"我和妻子，我们两个人一起经营这里。"男人指了指在餐厅靠里的位置端着比萨的那个女人。

"你有妻子啊？"

"嗯。今年刚登记的。"

虽然没有直接问他，不过我大概也知道了他在这个城市开店的理由。

"哦，你见到了啊。幼儿园时代的男朋友。"男人看着俊介说。俊介一脸不知所措。

"不是的，他是我的弟弟。"我这样说完，俊介微妙地低下了头。"他是来接我的。之前跟你说的那个人，我没有见到。"

"这样啊，那真是有些遗憾啊。"

"不过，马上就能见到了。我知道他住在哪里了。"

"那太好了。"男人笑着露出了虎牙，"你们慢慢吃，现在已经过了午餐高峰期了。"说着，男人走回了厨房。代替他出来的，是刚才那个戴着时髦眼镜的女人。只见她端着两杯橙汁，向我们走了过来。

"这是他给你们的，说是算昨天的回礼。"女人面带笑容地放下橙汁之后，就又去招呼其他桌子的客人了。

"姐姐，你果然是去找男人了啊。虽然我没太听明白吧。"

深深地吐了一口气。思考片刻之后，我把事情的原委全都告诉给了俊介。

听了我说的话，俊介大笑道：

"不是，我说，这不挺好的吗？太棒了啊。像是姐姐能干出来的事。"

"你是在笑话我呢吧？"

正说着，戴着时髦眼镜的女人把比萨端了过来。对刚才赠送的橙汁，我向她表示了感谢。

趁热把刚出炉的比萨塞进了嘴里。

"嗯——"好吃得让人想要叫出声一样。饼皮香脆的口感，馅料香浓的味道，简直是绝品美味。我向站在厨房的男人竖起了大拇指。他也朝我做了相同的手势。

九

カササギの計略

在不经意之间，记忆可能会被风吹散得烟消云散，就像天空中的云一样，时而稀薄，时而浓厚。随着形状的变化，等注意到了的时候，它早已没了踪影。在广阔的天空拼命寻找，但是消失在山的另一面的云朵，却不再回来。所以，人们才会照相，才会写日记的吧。为了能够记住那个样子。

大学暑假的最后几天，我和华子去旅行了。打完工回到家里的时候，桌子上放着一张写着"美丽黄昏之乡"的旅馆的宣传册。打开对折的 A4 纸大小的册子，除了印满在整个页面上的红色夕阳的风景，还有温泉和料理的照片。

"这是什么？"我看着册子说道。

"什么啊？"坐在餐桌边看时尚杂志的华子，视线并没有变化。

"是让我带你去……的意思吧？"

"倒也没什么。"

"你是想去的吧？"

"谁知道呢。"

"看着挺不错的，我也想去。"

话音刚落，只见华子合上了杂志，笑着说："那，我也跟你去好了。"她脸上露出的，还是那个看了会让我觉得很开心的笑脸。我回了她一个大大的笑容。

在各自打工的地方取得了休假之后，我们计划好了两天一晚的旅行。我觉得总是找胜矢借车有些不太好意思，所以决定了坐电车过去。特急电车的话，两个小时就能到了。出门之前，华子一直在发愁该穿什么，最终穿了灰色长裙，外加披了一件牛仔外套。中午刚过，在车站的商店买好便当、茶还有点心之后，我们坐上了电车。

随着列车的移动，车站前喧闹的景色渐渐消失在了车窗。列车行驶了约三十分钟后，铁道的两旁尽是田园风景，远处的群山也映入了眼帘。

"有一次，我把换轮胎误听成了换机油。换好机油后，被客人狠狠地骂了一顿。"我一边吃着便当，一边说着自己在加油站打工时的失败经历。

"你肯定是在骗我。"华子笑道。

"没有，真是真的。我从后面看见车里堆了好多轮胎的时候，脸都白了。"

我原本并不擅长和别人讲话，但是华子在听我说话的时候，时而发笑，时而做出无聊的表情，总是会及时地做出反应。所以，和华子在一起的时候，我的话就变得特别多。那个在约会时不知道该说什么，拼命喝水最后躲进厕所的我，早就不知道消失到哪里去了。

我们吃着便当，悠闲地聊着天。远处山脚下散落着零星的古民居。马上就是收获水稻的季节了，眼前整片的田地，贪婪地沐浴着阳光，看起来就像是铺满了金黄色的绒毯。金黄的稻穗们，愉快地摇着饱满的脑袋。

电车深入山间地带之后，天气突变，云的变化也显得很奇怪，有种不好的预感。果然，没过多久，预感就成真了，天昏地暗，大雨倾泻。

车窗被雨滴肆意敲打着，声音很是吵闹。

周围的乘客也都在叹气。包括我在内的乘客们，好不容易出门旅行一次，结果还偏偏遇到了这般让人沮丧的天气。"真倒霉。""会停吗？"大家议论纷纷。

"下雨了。"我说。

"是啊。"华子非常冷静。

"会停的吧？"

我担心地说。华子只是歪了一下脖子，说了一句"谁知道呢"。

"真是不可思议呢。"华子看着外面大雨滂沱的景色，笑着说道。

"生下来之后，如果一直下雨的话，也就不会迷恋蓝天了。"华子像是在哼唱道。

"话是这么说没错。"

"若是知道了暖和的地方，也就不会想去寒冷的地方了吧。真是令人感到难受啊。对什么东西满怀期待的话，难免会受伤。人就是这样贪婪而又愚昧的生物。"

华子说了意味深长的话。我回她道："人真的很贪婪啊。"我也看向窗外。

"华子不希望放晴吗？"

"不，我想让它放晴呀。因为，我知道蓝天。"她朝着我，露出了爽朗的笑容，"我，可以让雨停下来。"

简直就是小学生才会说的谎话。看着她异常冷静的样子，我又觉得她说的像是真的。

"真的吗？怎么做啊？"

"你知道吗，在非洲，有个叫'降雨族'的民族。通过祈祷，他们能百分之百地让降雨到来。"

"百分之百？怎么会？假的吧。"

"是真的哦。在那个降水极度稀少的地方，他们能百分之百地带来降水。"

"怎么会有这么神奇的事？"我认真地望着华子。

华子却是一脸恶作剧的表情。

"也许他们是超能力者吧？"我喝了一口茶。

"不是的。"她摇头道。

"那，他们是怎么做到的啊？"

"他们啊，一直祈祷到下雨为止。一个月也好，两个月也罢，只是不停地祈祷。不放弃的话，愿望一定会实现的。"

"这么回事啊。"我笑道，"那，我也祈祷好了，到雨停为止。"

她也露出了笑容。

"天气预报说今天山间地区会有阵雨，应该马上就会停的哦。"

"真的吗？"看着窗外像车轴一样粗的雨滴，我对她的话半信半疑。又问了一次，华子沉默不语，深深地点了两次头，之后又说："必须要相信。"

电车在隧道里行驶了一阵子。穿过长长的隧道，天气一转，头顶是漫天的碧蓝色。

"太厉害了。不愧是天气预报员。"说这句话的人也露出了惊讶的表情，真的很好笑。

"我们的祈祷传了到天上，天空也就不再哭泣了。"我说了很"恶心"的话。

"没有不会停的雨，也没有流不干的眼泪。有讨厌的事，也有享受的事。"华子也顺着我的话说道。

"如果今天是最糟糕的一天的话，那就在今天哭个痛快，然后用笑容迎接明天。"我又说道。

她也笑了。"像学校的老师似的。"

我想一直看见她的笑容。如果能让她对我笑的话，我愿意一直这么逗她。

"快看快看。"她指着窗外。前方远处的山顶和云层之间，有一道美丽的弧线。这道像是被山峰吸进去一样的彩色光线，飞入了我的眼帘。

"是彩虹。"

宏大、美丽、鲜艳、力量十足的彩虹。从外侧开始，红色、黄色、绿色、青色。仔细看的话，会发现在学校学过的位于红色和黄色之间的橙色，还有青色下面的蓝色和紫色。能看出四色、七色、十色甚至更多。自从出生以来，我还是第一次见到如此美丽的彩虹。

"看，雨后初晴，会有好的事情呢。"

华子默默地眺望着窗外。她那美丽的瞳孔里，映出了绚烂的光芒。

"真是让人印象深刻啊。"我认真地看着彩虹，小声嘟哝道。

就像是被即使再接近也无法穿越的神秘拱门吸引着一样，电车缓缓地前行。

*

电车到站之后，旅馆为客人准备的十人小型巴士，已经在站前等候多时了。先是让带着一男一女两个孩子的一家人上了巴士。我们上车之后，没过多久就发车了。巴士行驶在山路，转了好多次弯，每次转弯的时候，小男孩都会发出"哇——"的叫声，身子也跟着扭动。华子模仿着那个孩子的动作，靠在了我的肩上。为了掩饰自己的害羞，我也夸张地扭动身体，把头撞在了玻璃上。一声闷响，没想到这一下撞的还很痛。二人同时笑了。

下午四点刚过，办理好了入住手续。

旅馆看起来像是刚建好没多久一样，很是漂亮。我们住在本馆旁边的别馆里，那是一栋全是家庭套房的楼。设有宴会场的本馆，主要供团体客人使用。

我们被带到了位于最高层的一个十叠大小的房间。从窗户向外望去，水光山色尽收眼底，一览无余。

把身子倒在日式阳台的椅子里，眺望窗外的景色，想着华子。自从和她一起去看过星星之后，离别的恐惧就一直在我的大脑里忽隐忽现。即便时间飞快流逝，那种感觉也始终没有消失。

一看到开朗的华子，不知为何，我的内心深处就会吱吱作响。为什么会听见这种声音，连我自己都觉得很不可思议。是因为我觉得她在故意装出一副活泼的样子给我看吗？还是说，是因为我害怕在哪一天她的活泼会突然消失不见吗？我也搞不明白。不过，我的内心深处，确实像是被什么东西在碾压着一样。

看到她活泼的笑容，真的，其实我也会想，这样幸福的时光，应该是可以延续的吧。每当这时，我都会真诚地祈祷，祈祷华子能够一直活下去。

华子来见我的真正的目的，应该是想把她存在过的痕迹，留在某个人的记忆里吧。真的太好了，那个人是我。这一定是正确答案，不会错的。我从很久以前开始，就爱上她了，一起度过的时间，让这份心情变得加强烈。

但是，华子为什么选择了我呢？我和她的接点又是什么呢？她为什么知道我的名字？为什么知道我的住址？一直没被解开的这些疑问，在我的心里如旋涡一般不停地转着。

"茶，泡好了。"

华子的声音让我回过了神。把目光朝向华子，她正在拿小茶壶给我倒茶。坐在贴地靠椅上，吸着华子为我泡的茶，一股莫名的紧张感突然向我袭来。之前和华子一直是在我的房间里生活，这次却和她在旅馆独处，我对此感到很奇妙。凝视着华子的脸，华子到底是想从我这里得到什么呢？华子到底是怎么看我的呢？在和我一起生活的这段日子里，是不是可以认为华子也喜欢上了我呢？不能说没有这种可能性。我使劲地咽了一口唾沫。华子也给自己倒上了茶，喝了起来。一口气喝完茶之后，我开始胡思乱想。

"离吃晚饭还有一段时间，要不先泡温泉吧？"华子说。

住宿的女客人，可以在前台选浴衣的款式。大浴场的入口则在另外的地方。我们约好在入口处会合。

我本想着自己会在露天温泉和大浴场来回换场，泡很长时间的温泉，但是没想到只等了大概十五分钟左右，华子就出现在了坐在按摩椅上按摩的我的旁边。盘发造型还有浴衣，真的很适合她。白皙的肌肤透着淡淡的粉色，艳美至极，风情万种。不知是什么时候，我开始妄想她那水润的瞳孔和丰盈的双唇会逐渐靠近我，不过我很快就又遏制住了这种想法。

"不好意思，你是不是等很久了？"

"没，我也刚到这里。"

华子用拳头敲击了另一只手掌。

"对了，把行李放到房间，去河边看夕阳吧？"

　　一条宽度超过五十米的壮丽的河流，在旅馆的旁边流过。近处有穿着浴衣的看起来像是夫妇的客人们在悠闲地散步。我们穿过架在河上的长桥。

　　渡桥的时候，我想起了一件事情。

　　站在桥的中央，我对华子说：

　　"对了，你知道喜鹊吗？"

　　华子停下了脚步，看着我。河水发出的巨响好似滂沱的雨声，里面夹杂着微弱的蟋蟀和竹蛉摩擦翅膀的声音。

　　"七月七那天，成群的喜鹊会聚在银河，展开翅膀搭成一座天桥。织女渡过那座桥，与牛郎相会。"

　　华子没有说话，静静地朝我笑着，点了点头。看起来像是在想着什么重要的事。

　　我们渡到桥的另一头之后，顺着河边有扶手的水泥台阶下到了河滩。悠闲地散着步，享受着傍晚的凉爽。

　　"好美的风景啊。"

　　"是啊。"落日的余晖洒在山上，把一切都照得通红。阳光像是在水面上跳动着一样。远处的蝉鸣不绝于耳，河川的声音似在耳边。望着和故乡很像的这片被夕阳染红的景色，我的乡愁油然而生。

　　"嗯，我说。"

　　听到华子的声音，我停下了脚步。

　　"如果，明天双目会失明的话，你最后想看一眼什么？"

　　"怎么了？这么突然。"

对于华子过于突然的提问，我感到有些困惑。想到了她的病。发病了的话，身体会丧失知觉，不久之后就会死亡。

"为什么你会问这个？"

"哎呀，快回答我嘛。"

我试着想象，感到了害怕。最后想看什么？伴随着对双目失明的恐惧，我说出了自己的答案。

"和喜欢的人一起看美丽的风景，把她的脸还有景色，深深地印在眼睛里。"我这样说着的时候，把映在眼睛里的华子所在的这个世界定格了下来。在夕阳的映衬下，她灰色的瞳孔显得更加光芒四射，实在是太美了。

"不错呀。"说着，华子对我露出了笑脸。

继续眺望了一阵夕阳之后，华子叫了我的名字"冈部君"。我回答了她。

"我告诉你，我为什么要来见冈部君。"

"啊。"我不禁感叹道。华子直勾勾地盯着我。

"蒲公英。"华子像是在念魔法咒语一样，小声嘟哝道。

那一瞬间，我的身体里像是被电流经过一样，埋藏多年的记忆宛如汹涌的波涛，在猛然间复苏。夕阳下的成北川，蒲公英，两个孩子，一个是我，另一个是一位女孩子。在我残存的记忆里，那天跟我在一起的，不是男孩，而是比我大一岁的，经常和我在河边玩耍的女孩子。我被叫作"巴农"，那个女孩子被叫作……米歇尔。没错，我是叫她"米歇尔"这个外号的。背后和后脑激动地颤抖着。

"米歇尔。"我喊了她以前的外号。

更多的记忆涌上了心头，我感到全身都在抖动。米歇尔好像是搬到别的地方去了，在分别的前几天，我们还曾在黄昏下的成北川相见，立下了约定。虽然当时聊天的内容已经记不清了，但是，的确是约定好了要去见她的。

在她搬家后的第二年，我曾去找过她，在街上到处问路人"请问你知道米歇尔吗"，结果，我并没有找到她。现在想来，这种方法根本是行不通的。最后，我被当成了迷路的孩子，被强行送回了家。从那以后，我认清了现实，知道不可能和米歇尔见面了。在心灵受到创伤之后，我便放弃了寻找米歇尔。

"我想起来了。"后脑的抖动更剧烈了，嘴唇也开始颤抖，"我和你约好了的。"

"是呀。因为和你有约，我才来见你的。"听到她的话，我的心里立刻充满了罪恶感。我放弃了和米歇尔相见，那份记忆也不知道在什么时候被掩埋了，最终我忘记了那个约定，还有"巴农"和"米歇尔"这两个外号。

"真的很抱歉，我也真的很想见你，你搬走之后，我找过你一次，但是后来就又放弃了。"

"我知道的。我没有责怪你的意思呀。"她笑着说，"而且，见到你的时候，我也送了你一个耳光。这就够了。"

想起了华子第一次来到我的住处的情景。确认了我的名字之后，给了我一记强有力的耳光。华子是因为我忘了"米歇尔"这个名字才生气的。

"和你一起来这里的理由也是这个。因为冈部君看起来已经忘了以前的事情了，所以我想着把你带到和当年的情景相似的地方，看看你能不能回忆起来。当然，我也有纯粹想来旅行的意思。"

"原来是这样啊。"

"都给了你提示了，但是冈部君一点儿也想不起来呀。"

"啊，什么提示？"

"看了星星呀。"

记忆又复苏了。米歇尔搬家的前一天，幼年的我对她说过"等我长大了，要带你去看很多很多的流星"。

"是呀，也约好了那件事来着。"

"但是你也忘了呀。"华子微笑着说。

"真的对不起。"我低下了头。

"好了，没事了，看在你想起来了的分上。要是这样你还想不起来的话，说不定就又要吃耳光了哦。"我缩了一下肩膀，说道："饶了我吧。"

"话说，你是怎么知道我的住处的？"

"那是——"她停顿了一拍，继续说道。

"因为一直相信能见到你，所以奇迹就发生了。喜鹊来接我了。"她那茶色的瞳孔微微晃动着，嘴角缓缓地扬起。我再次用眼睛定格了这幅画面。

一直在意的谜团，终于解开了，她来见我的理由，还有让我带她去看星星的理由。

能和她再会，比什么都开心。

只是，在这世上，愉快的时光不会一直持续，几度沉浮，循环往复。在这天晚上，我意识到了华子的精神状态并不是很稳定。

回到房间，享受了怀石料理，又泡了温泉。钻进了并排摆着的床铺。

关灯之后，在黑暗之中，隐约听见了她的啜泣声。

"为什么——"

"怎么了吗？"我坐了起来，看向华子的方向。总算是看见裹着被子的华子了。她的声音在颤抖。

"为什么，我——"刚才还很开心地吃了饭，不知道突然发生了什么。我有些困惑。

"你还好吧？"

"为什么是我。"她的呼吸越来越急促，感觉像是有些喘不过来气，又过了一会儿，听见了她的抽泣声。

我知道华子想说什么。她是在哀叹为什么偏偏是自己得了那种怪病，为什么老天不选那些穷凶极恶的恐怖分子，不选那些欺骗老人财产的诈骗犯，偏偏选中了自己。心里充斥着莫名的怒火，总想大声地发泄。在我面前总是表现得开朗活泼的华子，她自己一个人独处的时候，大概也会像这样哭泣吧。

事实上，站在了她的立场之后，对于不知道什么时候会降临在她身上的死神，我也感到了恐惧，没有一直保持微笑的自信。她心里哭泣着，紧紧地抓住黑暗的崖壁，即使指甲脱落了也在所不惜，使出全力，想要爬上来。就算崖壁之上是一片黑暗，什么也看不见，她还是咬紧牙关，任由以不安为名的血流淌着，也要一直攀登。她的话让我的内心有了一种压迫感，感觉快要喘不上气来了，非常痛苦。我对于无能为力的自己很是愤怒。

我慢慢地靠近她的后背，用手掌轻轻抚摸她的肩膀。

"没事的。"毫无根据的安慰，但是，我也只能这样说。怀着祈祷的心情，我又说了一次，"不会有事的。"

我一直轻抚着她的肩膀，直到她的气息稳定了下来。确认她睡着了之后，我才又继续睡了。

昨晚的事情就像没发生过似的，第二天早上，她又恢复了活力。

"旅馆的早饭为什么这么好吃呀。"看着她满面笑容地吃着被端到房间的早饭，我的心里也松了一口气。

"啊，对了，昨天晚上真是对不起啊。"华子一边用筷子搅着味噌汤，一边说道。

"你睡好了吗？"我用筷子戳着盐烧鳟鱼，问她道。华子点了点头。也许是还没化妆的缘故吧，她的表情看起来很稚嫩。

"睡不着的时候，我会一直陪在你身边的，你放心吧。"我没有想要耍帅的意思，这是真心话。

华子看起来有些害羞，轻轻地说了一句"谢谢"。

　　旅行回来之后，又过了三天，我见到了胜矢。说是见面，其实并
非在打工的加油站或是大学的图书馆相遇，而是在华子打工的咖啡店
前碰见的。我知道华子正在打工，买完东西回来的路上，骑车从她的
咖啡馆路过。其实并没有什么事要找她，只是单纯地想路过一下而已。
那天，胜矢也和我一样，在咖啡馆对面建筑的阴影处，呆呆地望着华
子打工的那个咖啡馆。"胜矢！"我向他打招呼。"哦，冈部！"一
瞬间，他惊讶地看向了我，不过马上就又恢复到了正常的表情。胜矢
好像也是碰巧在附近买东西，路过这里的时候，偶然间看到了华子的
身影。在我发问之前，胜矢这样回答道。

　　之后，胜矢来到了我的住处。今天他休息，正好我也没有打工，
胜矢坐在餐桌旁的椅子上，吃着从旅行地带回来的特产芝麻仙贝。我
从茶壶里给他倒了一杯热茶，递到了他的面前。

"她几点回来？"好像是有些烫，胜矢把茶杯靠近嘴边喝了一口的时候，他的脸不自觉地歪了一下。

"大概八点吧。"我答道。

"啊，那正好。"

虽然不知道他说的"正好"是什么意思，我还是回了一句"是啊"。

"后来怎么样了？你有了解她更多吗？"

很久没有和胜矢说华子的事情了。在加油站打工的时候，有好几次机会可以和他说，却都没有提到华子。

"发生了很多事情，从那以后……"我把这两个月以来知道的关于华子的事情，还有我是怎样和华子一起生活的，以及华子的病情，全都告诉给了胜矢。胜矢刚开始还不相信，觉得我是在撒谎，不过看到我一边流泪一边诉说的时候，他从中途开始便一脸严肃地认真听着我说的话。

"那可真是太难了啊。"眼角泛起皱纹，胜矢轻声说道。恐怕我说的内容，早已超越了胜矢的想象范畴了吧，他并没有像平时那样随意地吐槽我。

"比起我，她才是真的不容易啊，每天都在和死亡的恐惧做斗争。"咽了一口唾沫，强忍泪水。每当想起华子，我的内心深处就像是被无数根看不见的针扎着一样。

"哎，也是啊。"胜矢冷静地说，"但是啊，每个人其实都一样，不知道自己会在什么时候死去。我，还有冈部都是如此。比如说，我可能会在从这里回去的电车上，因交通事故而死。楼下的住户失火，冈部也可能会因为没能及时逃生而死亡。"

我默默地点了点头。我知道胜矢是在安慰我，但是我还是无法轻易接受华子患上怪病的事实。我并不认同因为谁都可能会得这种病，所以只能认命的这种想法。这样想的一瞬间，我仿佛觉得病魔就快要把华子吞噬了一样。

"我们能活在这个世上，只是偶然。人什么时候死去，都不足为奇。"胜矢有力地断言道。确实，就像胜矢说的一样，人在活着的时候，就应该这样想。想起以前华子也和我说过类似的话。二十四小时之后，如果陨石坠落导致地球毁灭的话，你想怎么度过这最后的时间。以前被华子问过这样的问题，华子说她在死之前像往常一样生活就好，所以，才会不留遗憾地度过每一天。我试着把这个问题又问了自己一遍。想了没多久，答案就浮现在了脑海，和华子一起度过，和华子一起吃想吃的食物，一起看想看的风景，一起听想听的音乐，一起度过余下的时间。我大概会这样做吧，毕竟我没有力气把陨石打回太空。

"我无能为力。"

胜矢点了点头。

"你，是不是喜欢她啊？"

"是的。"我直视着胜矢的双眼。想起胜矢以前也问过我类似的问题。当时是糊弄过去了，这次我如实地答道。

胜矢笑了。但是，看不出他有嘲笑我的意思。

"那就在她的身边，给她鼓励吧。"像是包裹着我，让我充满活力而且觉得心里踏实了的温柔的话，"你也会因此变得有活力的。"

送胜矢出门，陪他一起到走廊。太阳已经落山了，天边暗了下来。我喊住了正在下楼的胜矢。

"怎么？"站在楼梯中段的胜矢，回头看我。

"如果华子不在了，我该怎么办？"

如果华子不在了的话，我应该会坠入谁的声音也听不见的漆黑无底的深渊吧。不再相信活着这件事，开始变得厌世。不过，我知道这并不会发生。

胜矢嘴角微张，说道："我来救你。"紧接着，他又继续说："所以说，现在你应该为了她全力以赴，要知道，你并不是无能为力。"被夕阳映衬着的美丽的侧颜。

想起了华子在星空下对我说过的话。

"所以，请爱我——"

我又问了胜矢一个问题。

"爱到底是什么？"

在看了天空几秒之后，胜矢把视线移向了我。答道：

"对方想要做的事情，无论如何也要帮她实现。我觉得这种心情就是爱吧。"

我点了点头。

"你帮她实现愿望了吗？虽然'我爱你'这个词用起来并不容易，但是你有使用它的权利。"

想着华子。华子想要做的事情，无论如何我也要帮她实现。为了能看到华子那无忧无虑的笑容，也为了能让我自己感到开心。

"谢谢。"我向他深深地鞠了一躬。胜矢抬了一下胳膊，就又往楼下走了。

本该是买完东西回家的胜矢，我注意到他手上却没拿任何东西，这让我觉得略微有些违和感。

看着房间里的表，已经过了晚上八点了，华子应该快回来了，我把华子做好的肉馅土豆炖菜热了一下，坐在餐桌旁的椅子上，等她回来。

时针又转了一圈，还是不见华子回来。炖菜已经凉了。第一次打电话给华子的手机。虽然对于住在一起来说没有什么必要吧，但还是互相交换了手机号码。按了呼叫键之后，立刻就听到了语音信箱的提示。她可能关机了吧。我站了起来，焦急地在房间来回踱步。令人讨厌和不安的预感，涌上了心头。又过了一个小时，还是不见华子的踪影，于是我冲出了房间。

在停车场匆忙地跨上自行车，全力冲刺下坡，沿着铁道骑行，飞快地切进站前地带，穿过连接车站后面的地下通道。伴随着刺耳的刹车声，我到了华子打工的咖啡馆。里面的灯已经灭了，也不像是还有人在的样子。我调过自行车头，返回了站前。绕了站前一圈，四处张望。好像是电车到站了吧，看见工薪族和女白领三三两两地走在路上。我定睛看着他们，但并没有发现华子的身影。站前的快餐店、书店、药妆店还有便利店里，也没有找到华子。想着这么晚了，我连快要关门了的柏青哥店都去找了。哪里都没有华子。

那之后，我暂且先回到了住处，可没有看见华子的身影。我的担心一下子增加了。

我又跨上了自行车，在公寓周围的路上找了个遍。甚至连电线杆和街道的角落，我都没有放过。华子到底去哪里了啊？我感到衬衫已经被汗水湿透了。她应该没事吧？我的脚已经使不上力气了。

在家附近的小公园前面，我突然停了下来。那是一个只有跷跷板、秋千和攀高架的小公园。停好自行车，我走进了公园，感到了夜晚的湿气。华子坐在长椅上，抬头望着漆黑的天空。我慢慢地走近她。

"不冷吗？"我向她搭话道。华子没有丝毫的惊讶，把视线对准了我，说了一句"没事"。紧接着，她又说："你看起来很热啊。"我回话道："托你的福。"

在公园的路灯的照射下，二人的影子映在了亮着白光的地面。

"看不见星星吧？"我抬头看着天空，说道。路灯虽然也是一方面的原因吧，不过天空被厚厚的云层遮盖住了，星星并没有露出来。

"嗯，看不见。"华子仰着头说道。

"回去吗？你应该饿了吧？"我说。

"那天的星空可真美呀。"华子没有回答我的话。

回忆起了和华子看星空的那晚。数不清的星星在天上眨着眼睛，硕大的流星优雅地划过天边。

"是很美啊。"

"下一次的流星雨，不知道会在什么时候来呀。"

"会是什么时候呢。但是，我觉得很快就又能看到的。"

　　我说"再一起去看吧"，华子没有回话。沉默了些许之后，华子说了一声"对了"，扭头看向了我。

　　"你不会讨厌我的吧？"

　　"啊，什么意思？"我反问道。

　　"如果我变成了不是你知道的那个'我'了的话，你会不会讨厌我？"我察觉到了她是在说她发病时的事情。

　　"怎么可能会讨厌你呢。"我带着"别说傻话了"的语气和情绪，回她道。

　　"即使是丑陋的我？"

　　"当然。"我露出了笑容。

　　"什么样的我都没关系吗？"

　　"当然。"我又重复了一遍。

　　"谢谢。有你这句话就够了。"华子也微笑着说。多次深呼吸之后，她露出了严肃的表情。

　　"今天，我去医院做定期检查了。"

　　我的直觉告诉我，她接下来要说的，对我来说应该并不是什么值得高兴的事情。

　　"我快要……"华子看着地上的影子，"我恐怕是快要不行了。"

　　"骗人的吧？"

　　华子摇了摇头。

　　"什么叫'不行了'啊？"

　　"就是没办法像普通人一样生活了。"

"没事的，你肯定可以的。"

"不行的。冈部君也是知道的吧，吃什么都尝不出味道，眼睛会失明，耳朵也失聪，分辨不出气味，失去一切知觉。渐渐不能走路了，自己一个人的话什么都做不了，最后就会死去。"华子一口气把这些话全说完了。

"没事的……"我扯着嗓子说。她又摇了一次头。

"一周之后会住进医院。今晚，我就从你那里搬走。"华子微笑着说道。看着她强颜欢笑的样子，我的心像是要被撕裂了一样。

"你是认真的吗？"

华子点了点头。

"稍微再等等吧，这也太着急了吧？"

"对不起。"

"我不要。"我知道自己说的话非常幼稚，但是，我说不出其他的话了。

"这也是没有办法的事呀。"华子一脸为难的表情。我感觉全身都没了力气，眼看就要瘫坐在地上了。

"承蒙你照顾了。"泪珠在她大大的眼睛里打转，像是快要溢出来了。看到她的这个样子，我的视线也模糊了。"和你在一起的这些日子，真的很开心。"

说完，华子从长椅上站了起来，把她的脸贴在了我的胸口。感受到她肌肤的温暖，我静静地抱紧了她。

我到底能为你做些什么呢？

——在她的身边，给她鼓励吧。

想起了胜矢说的话。

"我有事情想要拜托你。"我抱着华子，声音颤抖地说道。"什么事？"她那有些不清楚的声音，在我的双臂之间颤动。

"住院前的一周，可不可以给我？再让我和你一起过一周，好吗？"

华子沉默着，没有动静。

"也偶尔听听我的愿望，好吗？"

华子在我的怀里一动不动。过了一会儿，她只是把头慢慢地扭了一下。

然后，华子如决堤的洪水一般，大哭了起来。她像是把从小开始积攒的委屈，全都吐露了出来。

"为什么啊……为什么。为什么……为什么偏偏是我，遇上了这样的不幸……"

华子在我的怀里呜咽着。她肌肤的温暖和眼泪的温度，透过衬衫，穿过了我的皮肤和骨头，浸湿了我的心。痛苦占据了我的内心，我感觉自己就快被淹没了，好痛苦。眼泪止不住地外溢，什么话也说不出来。我能做的，只是紧紧地抱着华子。真的希望时间能够停止，真的非常希望。

夜晚的公园里，我们就这样呆呆地站了很久很久。

*

　　早上五点，起了床。外面天还暗着，远处传来了送报纸的摩托车换挡的声音。把冷水胡乱地洒在脸上，让自己清醒。看向床上，华子还在静静地睡着。"好的。"我给自己打了打气，去到了厨房。首先，把鸡蛋打到容器里，再往里面放入牛奶、盐、胡椒粉，注意尽量不发出大的声音，轻轻地搅拌。接着，小火加热平底锅，放入黄油，把蛋液一口气倒进锅中，慢慢地搅拌。炒蛋做好了。按理说应该是，本来按照这样的工序就可以做好炒蛋的，但是我把它给炒煳了。失败了。试着把像狐狸一样褐色的鸡蛋放入口中，又咸又辣，不禁立刻吐了出来。不论是味道还是外观，都相当差劲。整理好心情，再挑战一次。又失败了。第三次挑战的时候，才做出了还比较像那么回事的炒蛋。继续把培根在锅里煎成焦黄色，再把煎好的培根放入盛着炒蛋的盘子里。切好的水果和沙拉也装好了盘，里面有圆白菜、洋葱、土豆和香肠的蔬菜浓汤也做好了。在桌上摆好咖啡和橙汁之后，把切片面包放入烤面包机，总算是大功告成了。看了一眼表，已经快七点了。对于还不是很熟练的这些操作，确实花了不少时间。

　　我站在床边，准备叫醒华子。她还在睡着，能听见她细细的喘气声。美丽的睡颜，不想让任何人看到，想要占为己有的美丽的睡颜。感觉像是把花了好多年才完成的壮丽的美术作品给毁坏了一样，我摇着华子的肩膀，她长长的睫毛缓缓地动了。华子从床上起身，揉着惺忪的睡眼，嘴里嘟哝道："怎么了吗？"

"吃早饭吧。"我话音刚落，华子看了一眼桌子之后，立刻坐定了。大声叫道："哇，这是什么呀！"

"啊，太厉害了！这些都是冈部君做的吗？"她双臂在胸前交叉，涨红了脸颊。

"不知道好不好吃，我试着做了。"

我们面对面坐在桌旁，同时合掌，说着"我开动了"。华子拿起叉子，把炒蛋送入了嘴中。她眼睛瞪得大大的，感叹道："好吃！"我也吃了一口炒蛋。确实，好吃到出乎了我的想象。看到华子这么高兴，我觉得非常满足。

"对了，午饭你想吃什么？"我问华子。

"现在就要讨论午饭吃什么了吗？"华子把咖啡杯送到了嘴边。

"嗯，先定下来好一些吧。"

"嗯——"华子鼓着一侧的脸颊，做出思考的样子。

"你尽管提要求，我会让你吃到你想吃的美食的。"

"这样啊。那，咱们去野餐吧？"

"野餐？"

"嗯。带上做好的三明治，去野餐。"

吃完早饭，按照华子的突发奇想，用冰箱里的食材——番茄、鸡蛋、生菜、黄瓜、熟金枪鱼块、培根、芝士，开始做各种各样的三明治。两个人一起做料理，真的很愉快，时间一晃就过去了，做好了比预想的还要多的三明治。虽然没有专门用来装三明治的盒子，但是有一个大小正合适的运动手提包。于是，把用保鲜膜裹好的三明治放进了包里，又在里面放了保冷剂。准备好后，我们在正午之前从家里出发了。

秋高气爽，万里无云。走到车站，换乘电车，大约用了一个小时，我们到了一处有大池塘的公园。大概因为是工作日吧，公园里没什么人。绕着水池跑步的人、聚在一起的学生还有情侣们，都怀着各自不同的心情，享受着在公园的美好时光。乘船的地方停着很多只手划船和天鹅形状的船，但是没有人去那里乘船。

我们在一个被水泥柱包围的宛如神殿般的阴凉处占好了位置。坐在水泥长椅上之后，屁股感到了些许的凉意，心情也觉得不错。

突然，华子看到了正在打羽毛球的情侣，说也想玩儿那个。于是我们去小卖店买了羽毛球拍和球回来，开始打羽毛球。"可以做剧烈运动吗？"以防万一，我问了她一句。华子一边挥拍，一边回话道："一点儿问题都没有。"

华子的运动神经很好，我打过去的球，她基本上都又打了回来。白色的羽毛球，不停地在蓝天飞舞，特别开心。真的想一直和她在一起，就像现在这样，永远，不想分开。我发自心底这样想着。

从羽毛球上掉落的羽毛，落在了水池的边缘。我捡羽毛的时候，被华子推了一把后背。要是放在平时，我肯定会说："喂，太危险了吧！"但是，我没有生气，而是直接头冲着水池掉了下去。华子怔住了。落水之后，我顺势游起了蝶泳，华子果然笑了。游了两下之后，我从水池边缘爬了上来。那些学生还有情侣看到我湿透了的样子，也都笑了起来。

挺好的，他们因为我露出了笑容。我这样安慰着自己，不想让人看出自己在眼眶打转的泪珠。

在商店买了毛巾、T恤、短裤、卫衣和长裤。卖货的阿姨看到浑身湿透的我，说"还真是时不时就会出现你这样的傻子"，递给了我一整套掉进水池的人专用的"装备"。换好衣服，吹干头发。把刚才穿着的白衬衫和牛仔裤，放在向阳处的水泥块上晾干了。

也许是运动了的原因吧，没过多久，我们就都觉得肚子饿了。开始吃三明治。把保温杯里装着的温咖啡倒进了纸杯。

"番茄和生菜。"华子确认了三明治的夹心，大口地塞进了嘴里。"嗯，好吃。"

"太好了，那我也吃。"我把鸡蛋三明治放进了嘴里，果然很好吃。互相看着对方的笑脸。突然，华子一脸认真的表情。

"喂，你是不是喜欢我？"

面对这个突如其来的问题，我心里感到一紧，被三明治给噎住了。"好烫！"慌忙地把咖啡送到嘴边，又被烫到了。条件反射般迅速地把纸杯从嘴边移开，咖啡又洒到了手上。我不禁赶紧扔出了纸杯，咬牙强忍住了疼痛。

表情崩了。

"你是在演小品吗？"

想起了华子第一次到我家的情景。脚后跟磕到了冰箱，带柄的不锈钢锅直接砸在了脑袋上。她那时也这么说来着。

看了我表演的毫无新鲜感可言的小品，华子笑了。这让我想起了很久之前的事，真是太令人怀念了。

"被你突然问这种问题。"

我用她递给我的纸巾擦了擦嘴。

"我想知道，对于突然出现又擅自行动、净说些任性的话的我，你到底是怎么想的。"

"突然扇我耳光，占我的床，让我睡睡袋，还又擅自更改我房间的样子，我想抱怨的，可多着呢。"

"说的也是啊。对不起。"

"不过，我更多的是要感谢你，那些小事怎么样都无所谓的。华子来了之后，我每天的生活，真的都过得很快乐。"

听见远处传来了天鹅的叫声。

"我爱你。"这句话就像是被水泵从心里压上来了一样，干脆利落地说了出来。真实的心情，我用现在进行时回答了她。华子像是快要哭出来了一样，微笑着对我说了一句"谢谢"。她那美丽的茶色瞳孔，望着水池的方向。华子沉默了。

想到只剩几天就必须要和华子分别了，我的内心又变得痛苦起来。只是，那不是我的力量能够左右的事情，我无能为力。但是，只有我能做到的事情，绝对是有的。我一定要尽全力做好自己能做的事情。我下定了决心。

"去买东西吧。"

"啊？"华子一脸惊讶的表情。

"好了，走吧。"

*

换上晾干了的衣服，走回车站。买了两张乘车券，一张递给了她。伴着站内广播的提示，电车缓缓地驶进了站台。

"喂，要去哪里呀？"华子不可思议地望着我。我支支吾吾地没有明说。

电车摇晃了十分钟左右，到达了目的地。走出检票口，街上人来人往，让人觉得根本不像是平日的中午。我对华子说了"稍等一下"之后，走向检票口旁边的 ATM 机，取出了现金。

回到华子身边之后，我害怕她跟我走散，于是拉着她的手，向目的地走去。华子看着握住她的手的我，虽然面露惊色，但是什么都没有说。烤松饼的店前排着的长队，戴着黑框眼镜，涂着大红色口红的女孩子，向有做发型模特潜质的姑娘搭话的美发师。边吃可丽饼边走路的女高中生，牵手散步的情侣，手持高级包的看起来很幸福的贵妇，外国人旅行者……拨开空隙，在人山人海中穿行，朝着经常出现在她看的那本杂志上的品牌店走去。

"啊，什么呀，到底要去哪里？"

"买礼裙。"

"怎么回事？"

"我预约了今晚的法国料理店。那里对穿着打扮没有特别的规定，可以很轻松地享受美食。不过，难得有一次机会，还是想好好体验一下那种氛围，对吧？"昨天晚上，在公园听了华子说的话，回到房间之后，趁着她洗澡的工夫，我预约了法国料理店。想让会失去味觉的她，吃到好吃的食物。

电视上经常能看到的，玻璃窗里面展示着很大的模特假人的街面百货店。我拉着华子走了进去。

"啊，你是认真的吗？"华子有些面露难色地说。我叫了店员，让她把适合华子的礼服全都拿了出来。在试衣间前，我对华子说："穿这件怎么样？"说着，我把皇室蓝的礼服递给了她。华子勉为其难地拉上了试衣间的窗帘。

华子换好衣服，拉开了窗帘。在旁边等候的店员，发出了"哇"的叫声。我也和着店员的声音，"哇"地叫了起来。店员说"喜欢的话，也试一下它吧"，她把一双黑色浅口鞋递给了华子。华子伸展着纤细笔直的小腿，就像马上要走上红地毯一样。虽然一开始还有些犹豫，但是穿上之后，看样子是立刻来了情绪，华子开心地摆着姿势。在窗帘闭着的时候，店员问我："你女朋友是不是模特呀？"我暧昧地回答道："不是。"

试了一遍之后，店员问华子："怎么样？有喜欢的吗？"华子说最开始试的那件皇室蓝的礼服不错。店员立刻迎合华子说："我也是这么觉得的呢。"

"这件，买还是不买呀？"华子说道。穿上之后，她的心情的确是好了不少。

"那，请给我这件，穿着走就好。"我对店员说，"还有，项链、披肩、手包以及鞋子，也请让我们选一下。"

华子说她自己买。不过，在她换衣服的时候，我已经让店员帮我结好了账。华子从试衣间出来的时候，其他的顾客也纷纷地把目光聚集在了她的身上。她的身上散发着连女性也不禁会着迷的气氛与美丽。对于我擅自结账的行为，她一脸不满地说："我回去之后还你。"随后便又调整好了心情。

"啊，对了。去美发沙龙吧，我已经预约好了，毕竟机会难得，还是把全套都做了会好一些吧？"趁着华子试衣服的时间，我打电话预约好了美发沙龙。华子又露出了吃惊的表情："冈部君，你简直像换了一个人似的。"

她看起来已经没再有任何不高兴的样子了。既然已经准备到这一步了，干脆就做个彻底好了。华子大概也是这么想的吧。

"我也去换西装，一会儿见啊。"说着，我拿过华子的行李，暂时和她分头行动。因为刚才掉进了水池，所以在去西装店之前，我先去网咖冲了个澡。剃短了两侧的头发，买了留着一撮精致小胡子的店员给我推荐的藏青色的西装。衬衫、皮鞋，甚至连胸前口袋放的手帕也买了。在试衣间换好西装之后，我直接穿着它离开了西装店，又去便利店把行李寄回了家，急着赶往华子在的那家美发沙龙。到达美发沙龙之后，看到了坐在落地镜前的华子。美发师正在用喷雾给她的头发定型，已经到收尾的阶段了。我叫了店员，结好账之后，坐在了等候区的沙发上。过了一会儿，华子站在了我的面前。美丽而又精致的发型。

"怎么样？"华子转着圈让我看她的新发型。简直美得让人说不出话来。仿佛世界上所有的宝石，都凝缩在了她的头发上一样。深吸了一口气，我说："很漂亮。""谢谢。"华子轻轻地点了点头。

我说"已经付过钱了"，华子皱着眉头，鼓起脸颊说道："你可真'讨厌'。"

美发沙龙离车站有些远，所以坐计程车去了法国料理店。隐藏在住宅区的精致的法式餐厅。进到店里之后，亲切有礼貌的女店员把我们引到了餐桌。听完菜单的说明，给华子点好了饮品，我点了气泡酒。"我要不今天也喝点儿？"华子说着，也点了和我一样的气泡酒。

"没事吗？你能喝酒吗？"

"没事的，虽然我酒量不好，但也不是一点儿都不能喝。"说完，华子优雅地笑了起来。气泡酒上桌之后，我们一起干杯庆祝。店里其他客人的年龄普遍偏高，虽然我们打扮成了大人模样，但是看起来果然还是最年轻的。静静流淌着的古典音乐，给这里又增添了高雅的气氛。

首先被端上来的，是三种一口大小的料理。之后又上了鹅肝、鸭胸、小龙虾、沙拉、鳕鱼、水果和菲力牛排，最后收尾的是巧克力蛋糕。我们悠闲地聊着天，细细地品尝着美味，感觉时间的流逝变慢了。每次把食物送进嘴里的时候，华子都会发出"嗯"的感叹。

吃完料理，享受着餐后咖啡的时候，店员拿着数码相机出现在我们的桌旁，说道："留个纪念吧？"像是店里的一项服务，等回去的时候可以拿到照片。我们朝着照相机，露出了笑脸。拿到的照片里，印着笑容不自然的我以及优雅地笑着的华子。

酒足饭饱之后，懒得坐电车，就又叫了计程车回家。在计程车上，华子连着说了好几次"真好吃"。

进屋之后，华子没有换掉礼裙，直接坐在了饭桌旁。她说了"冈部君也坐下"，所以我坐在了她的对面。我看着她的时候，她立刻坐正了。我也跟着挺直了腰板。华子缓缓地说道："今天真的很感谢。"华子低头示意。对于她很罕见的这种态度，我感到了困惑。不知道该怎么做才好，于是我也低下了头。

"你这样关心我，是因为我昨天说了会丧失味觉吧？"

我没有回话。

"所以，你才又是为我做了早饭，又是带我去吃了法国料理的吧？真的太谢谢你了。"

华子又低了一下头。

"炒蛋和培根、我们一起做的三明治，还有精心打扮之后吃的法国料理，都非常美味。"

我沉默着点了点头。

"我绝对不会忘记的。"

华子的眼睛湿润了。看见她这个样子，我的喉咙也感到了哽咽。

"当然，到现在为止的所有，我也不会忘的。和你一起吃饭，真的很开心。听你讲加油站打工时失败的经历，还有大学里有趣的教授的故事，和你一边闲聊一边吃的饭，比什么都美味。"我想起了华子没来之前的生活。在昏暗的房间里，一个人趴在矮桌上，吃什么都觉得没味道。真的很感谢华子能来我家。

"真的很感谢。你对我的体贴，绝不是用金钱能够买到的，对我来说真的很重要。"

"我。"我哽咽着说，"我也是。"

她缓缓地点头。

"在今后的人生里，每当我吃炒蛋的时候，我一定会想起，特地早起为我做早餐的、温柔的你的样子。"

她又缓缓地点了一下头。

"吃三明治的时候，我也会想起，你看见浑身湿透的我之后大笑的样子的。"

喉咙很难受。说不出话来。我硬撑着，继续说道：

"以后，如果还有机会在高雅的餐厅喝气泡酒的话，我一定会想起，美得让人屏住呼吸的你……"眼泪伴着话语，止不住地往外流。

"谢谢。真的谢谢。"

泪水模糊了视线，虽然看不清华子的脸，但是能听见她颤抖的声音。她来回说着"谢谢"。我泪流不止。

洗过澡，准备睡觉。和往常一样，华子睡在床上，我躺在地板的睡袋上。没过多久，在关了灯的房间里，响彻着华子的声音。

"呐。"

我回她道："怎么了吗？"

"没怎么。"她说。

过了一会儿，她又"呐"了一声。

我回话之后，她说：

"我想让你陪我睡。"像小孩子似的口吻。我虽然感到有些疑惑，但还是回答了"嗯"，躺到了华子在的那张床上。我装作平静，其实心里非常紧张。不过，我一点儿也没有想要做些什么的意思，华子也一样。华子拉着我的胳膊，让我把手臂放在了她脖子的下面。然后，她又"呐"了一声。

"可以问你个问题吗？"

"可以呀。"

"如果，明天就要闻不出味道了，我该怎么办？"想起了之前去旅行的时候，她问过我"如果看不见了的话，最后想看什么"。

我想了一阵，回答道：

"想闻到南国果实的香气。"

"什么呀？"华子小声地笑了起来。

"我喜欢那个味道。"

华子微微地动了动自己的脑袋。

"呐。"

"嗯？"

"我可以闻闻你吗？"

我双唇紧闭，"嗯"了一声。

华子把脸靠近了我的脖子，鼻子发出"嘶嘶"的喘气声。她的鼻尖贴到我的时候，感觉凉凉的，心跳开始加速。华子的鼻尖划过我的下巴和耳朵，直到我的脸颊。华子的头发散发着南国果实的香气。当她把鼻尖贴到我的脸颊的时候，我闻到了她肌肤的香味，如冬天的空气一般的香气，穿过鼻腔深处，直达了我的大脑。我抱紧了她，嗅着她脖子的香气，顺着脖子往下，吸着她胸口的香味。感到了她变得急促的呼吸。她把我的头紧紧地抱在胸口，鼻子贴着我的头顶。我们互相嗅着彼此的味道。像是在隐藏各自的害羞一样，我们都笑了。

"那。"华子在我的耳边说。

"嗯。"

"如果，明天味觉消失了的话，你想吃什么？"

我没多想，就有了答案。

"华子做的汉堡排呀。那可真是太好吃了。"我话音刚落，华子"哼哼"地笑了，之后又说了"开心"。脑海里浮现出了华子高兴地讲着汉堡排的制作方法的样子。天真无邪的她，真的是太让人怜爱了。

"那，如果明天耳朵听不见了呢？"

"虽然也想听喜欢的音乐吧，但是，果然还是最想听到喜欢的人的声音呀。"

"呐。"华子盯着我。在黑暗之中，我的眼睛也已经习惯了。"你喜欢我吗？"

"我爱你。"我在她耳边轻声说道。这句台词，今天已经说了两遍。

"再说一次。"

"我爱你。"

我把自己的脸，紧紧地贴住了华子的脸颊，又说了一遍"我爱你"。华子说了一句"谢谢"之后，在我的耳边细语道："我也爱你。"心脏的温度急剧上升。我第一次被人说这样的话，我把这句话和她的声音，在脑海中又重复了一遍，让它印在了我的大脑里，这是世上最美的话。

"那，如果触摸什么都感觉不到了呢？"华子在我的耳边问道。

"当然，是一直摸着喜欢的人了。"

华子看了一眼我的脸，之后开始摸我的脸颊。

"好软。"她说。

我点了点头。华子碰了碰我从 T 恤袖口伸出来的手臂，然后温柔地来回抚摸着。华子握住了我的手，她把我的手放在了自己的嘴边，用嘴唇贴住了我的手背。华子的嘴唇水润得恰到好处，比什么都柔软，好舒服。我也摸着她的脸颊，用手指轻触她的嘴唇。突然心里感到很痛苦。为了驱散这种痛苦，我抱紧了华子，亲吻了她的嘴唇。

*

第二天早上，看到映在眼中的房间位置，我才想起自己睡在了很久没有睡过的床上。对睡在我手臂上的华子的紧张感，到最后都没有消解。彻夜无眠，好不容易有了睡意，发现窗外已经亮起了白光。

看了一眼表，已经是早上九点了。把视线移向了桌子，桌上摆着盛有汉堡排的盘子，还放着马克杯、筷子和饭碗。我立刻从床上坐了起来。看着和往常不一样的情景，我的心里感到忐忑不安。平时在桌上放着的都是两人份的饭，然而今天却是一人份的。而且，平时的早饭都是炒蛋，今天却是汉堡排。去找了浴室和洗手间。玄关没有华子的鞋子，华子不在了。

我一溜烟地飞奔出房间，跑着下了楼梯。冲到马路上的时候，从对面驶来的车，疯狂地响着喇叭。我没有管它，继续跑着。

到了之前华子失踪时找到她的那个公园。公园里一个人都没有。我祈祷着不祥的预感不会成真，回到了房间。

打开房门，调整呼吸，放眼望去之后，我立刻陷入了阴郁。华子的行李全都不见了。床上也什么都没有，洗脸台上的红色牙刷不见了，毛巾也变回了我以前用的那条。洗发水和护发素也不是华子用的那种了，而是我一直使用的那些。

我像泄了气一样，瘫坐在饭桌旁的椅子上。

我注意到，餐垫的下面好像夹了什么东西。

茶色的信封。打开信封，里面放着几张纸币和一封信。是华子给我写的信。

冈部君：

这么突然，实在是抱歉。还有，肯定让你大吃一惊了吧。对不起。

明明说了还要再在一起度过一周，但是我却没能遵守约定。对不起。

你的温柔让我感到无所适从，我选择了逃跑。

我不想让你看到我变得更加丑陋和不安的样子了。

因为，我想让喜欢我的人，能一直喜欢我。

和你一起度过的这段时光，真的很幸福。

谢谢你带我去了好多地方。

谢谢你跟我讲了很多的话。

谢谢你陪着我，包容我的任性。

昨天，你对我说了"我爱你"，我真的很高兴。

有你的这句话，我就觉得自己活着是有意义的。真的。

谢谢你教会了我被爱的喜悦。

谢谢你教会了我什么是温柔。

请你明白，这些都是我的真心话。

我比谁都希望冈部君能幸福。

你帮我垫付的钱，我放在信封里了。

地毯和被罩我没有拿走，麻烦你帮我处理了吧。

对不起。

这一别，我们可能就再也见不到了。

对不起，谢谢。你要快乐啊，永别了。

如果有来生，我还想和你在一起。

眼泪夺眶而出，我瘫倒在床上，像孩子一样号啕大哭了起来。

她再也没有在我的面前出现过。

十一

カ サ サ ギ の 散 歩

　　不知道过了几天。我根本没有心思去打工。好像有人总给我打电话，不过我没有去看手机。手机没电了我也没去管，让它静静地睡在了那里。房间里散落着烧酒和威士忌的空瓶。华子消失的那天下午，收到了前一天从便利店邮寄回来的包裹，是我和华子的衣服。我把自己的脸埋进她的衣服，疯狂地嗅着，然后把衣服扔进了垃圾箱。桌上放着的华子做的汉堡排已经凉了，我边哭边吃。之后，我又去附近的便利店买了吃的。就着下酒菜，把自己灌醉。不分昼夜地喝酒和睡觉。阳光、月光和酒气，陪着我一起过着黑白颠倒的生活。一到晴天，我心里就隐隐作痛，到了阴天，不知道为什么，我反而觉得心里踏实了。每当夕阳照到窗户的时候，我就想大喊。循环往复着这样的生活。只是，不管摄入多少酒精，我始终无法忘记华子。睡着时，会在梦里见到她；起来后，脑海中会浮现她的身影，不停地想着她。会让人感到如此痛苦的，应该不是喜欢。我这样想。

华子本应该再给我一周时间的。从她消失的那天开始，我原本打算和她一起去旅行的。日本南部的岛屿，在华子喜欢的香味和波浪的声音的环绕下，眺望入海的夕阳，这是多么令人感到幸福的事啊。如果能让华子的笑容多增加一秒，我就很满足了。但是这个愿望没能实现，我真的是太无力了。

恐怕是预约的酒店给我打的电话吧。我能理解自己给他们添了麻烦，但是我真的什么都不想干，只想一动不动地待着。

就这样，没去打工，也没去学校。

又不是什么大事。嗯，一场打乱了人生节奏的恋爱，仅此而已。如果再这样下去的话，我恐怕会死的吧？不过，死了也挺好的。

听见"咣当"一声，我意识到有人进来了。把视线移向门口，发现是胜矢来了。

"喂，冈部！你没事吧？"他望着瘫坐在床上的我说。

我努力把眼睛的焦点对准胜矢。

"胜矢。"我使劲地喊着，嗓音沙哑了。

"你脸色也太差了吧。"胜矢面露忧色。

"今天是几月几号？"胜矢告诉了我今天的日期。距离华子消失，已经过了三周。

"对不起，我没去打工。"我还是坐在床上，不过微微地动了一下脑袋。

"没事。我大概知道你是怎么了。"胜矢一脸苦笑，"大概知道了。"果然，他连台词都要说得像侦探啊。

"我见了华子的弟弟。"

"什么？"听到他的这句话，我立刻绷紧了神经，说道，"是华子的弟弟吗？"

"是的。"胜矢点了点头。

"昨天，他来加油站了。他好像是想见你的，不过，给你打了好几次电话，都没人接，于是我就替你见了他。"

"那个。"他指着玄关的拖鞋处。那里放着一个很眼熟的东西。"俯视着鞋子的银色高楼"，那是华子的行李箱。

"为什么？"我本想大声喊叫的，但是发出的声音格外沙哑。

"对现在的你来说，这可能是个残酷的消息。"他还是一脸担心的样子。

"没事的，我什么都能承受，已经，没事了。"我连死都不怕了。华子不见了之后，我现在什么都不怕了。

胜矢深深地吸了一口气，说道：

"华子死了。"

华子好像是在四天前去世的。胜矢说，华子在家人的陪伴下，从医院安详地走了，她的葬礼已于昨天完成。华子的笑容，我最喜欢的那个笑容，在眼前的屏幕里浮现了出来。每眨一次眼，画面会变换。数十张幻灯片的最后一张，是穿着皇室蓝礼服，眼睛笑得像月牙一样的，美到无与伦比的华子。那样活泼开朗的她，真的就这样死了，我一时难以相信，也不愿相信。

"骗人的吧？"

"冈部，是真的。"胜矢的脸上满是悲伤，"从这里出去之后，她回到了自己的家里，跟家人说了很多关于你的事情，说自己每天都过得很开心，还说这段经历是自己一生的宝物。"

胜矢把纸巾递给我的时候，我才意识到自己流泪了。拿过纸巾，擦拭泪水和鼻涕。

我呆呆地看着行李箱。

"他弟弟希望你打开那个行李箱，说他觉得你应该知道那个行李箱的密码。"

"我不知道。"我摇了摇脑袋，使劲地发出了声音。

"这样啊。"胜矢一脸遗憾的样子。但是他又接着说："说不定。"说完，他把行李箱拿了进来，横着放在了地板上。"一直想着的那个数，说不定就是密码。"他像是想起了什么似的，转动了密码锁的转盘。把两个转盘对准位置之后，按下了旁边的按钮。

密码锁没被打开。

"看来是弄反了啊。"

胜矢又调整了一次转盘的数字，按下了按钮。

"嘭"的一声，锁开了。

"果然。"胜矢说。

"为什么？"我一脸吃惊地看着他，"为什么你会知道？"

"你之前说过，华子来见你的时候，是用了七夕传说的例子吧？织女星是 Vega，牛郎星是 Altair。星星的叫法有很多种，根据基本星表的规定，可以用三位数来表示各种星星的位置。织女星是 699，牛郎星是 745，我想按照这个来试一下，没想到果然猜对了。"

我被他震惊到了，这个人太厉害了，他不当侦探真的是可惜了。

我这样想着的同时，胜矢打开了行李箱。

"啊。"我和他的声音重合在了一起。行李箱里放着的，是一本书。

"怪不得觉得轻呢，原来只有这个啊。"胜矢略带遗憾地说。看来大部分的行李是被华子拿走了吧。

胜矢把书从行李箱里拿了出来，快速地翻着，说道："是日记。"

胜矢的目光锁定在了日记的最后一页。他把华子的日记递给了我。

"不。"我犹豫了。胜矢说："你最好看看，真的。"

我翻着日记。之前一直觉得翻看别人的日记是恶趣味，我翻到了让胜矢目不转睛的那最后一页，那里罗列着一篇文章。

"恐怕，这是她死之前想要做的事的清单吧。"胜矢说。

华子写了很多件事，每件事的旁边都画了一个圈。"见巴农""和巴农一起看流星"，和我一起看的"阿兰和艾伦"的电影的名字，也被写了下来。发现了在最下面唯一没有被画圈的那一行字。

——去爱很多的人，被很多的人爱，要比现在更幸福。

"这就是华子真正的目的吧？"胜矢看起来非常悲伤。"爱谁？被谁爱？不是浮于表面的那种，而是想被人发自内心地爱着。想要烙印在对方的人生里刻骨铭心的爱。"

"我爱过她。"

胜矢点了点头。

是不是因为我说了爱她，她才从这里离开的？

胜矢盯着我的脸，像是看透了我的心思一样。

"我该怎么做才好？"我问道，"活着真的好痛苦，睁开眼睛的时候，止不住地想她，睡着了以后，我又会做和她有关的梦，我不认为我能忘了她。我知道，我的人生没有了她，会变得很无聊。和她在一起的每一天实在是太幸福了。和她相遇以后，我才知道之前平凡的生活是多么的无趣。她不在了，我的人生也失去了活下去的意义。"

"你要好好活着。"胜矢用力地说，"如果你真的爱她的话，就应该记住她曾在这个世上停留过，好好地活下去。我只能说这种老掉牙的话。"胜矢温柔地笑着。"在深爱着的人不在了的世界里还能好好活着，而且不会将她遗忘。这才是真的爱过她的证据。"

我真的搞不懂了，到底该怎么做才好？我能理解胜矢说的话，但是，我不知道他说的话究竟是不是正确答案。

"我再好好想想。"我说。

"是呀。做出选择的，是冈部。"他说。

"我把这个还给华子的弟弟。"说着，胜矢拉着行李箱从房间出去了。

突然，阿兰和艾伦的电影在我的脑海中复苏了。他们对未来感到绝望，为了能够互相亲吻，摘下了面具，二人共同选择了死亡。

不可思议般地心情舒畅，自己的内心已经有了答案。

我给手机充了电。几个未接来电，果然是旅馆打来的。我拨通了电话，旅馆的工作人员接了电话，我为自己没能去入住而向他道歉，答应把取消的费用给他们汇款过去。挂了电话之后，我就去附近的便利店打了钱。接着，我拨通了加油站的电话，是站长接的电话。他说："现在很忙，你来店里吧，见了面说。"我礼貌地谢绝了他，对于自己给他添了麻烦的行为道了歉。站长对我说了"有时间再来玩儿啊"。他真的是个心胸宽广的人，我的眼泪快要溢出来了。

我把该处理的事情，已经都处理好了。

知道了我的死讯，爸妈应该会悲伤的吧。我走出房门，拨打了华子的手机号，听筒里立刻响起了语音信箱的提示，她好像还没有解约。挂掉电话，我一边走着，一边用手机写着邮件，邮件的内容是"我现在就去找你"。我把写好的邮件给删除了，因为，突然去找她的话，才能吓她一跳的吧。作为对于那天的回礼，她第一次来我的公寓的时候。

走下坡道，沿着铁路向前，到了最近的铁道口。拦道杆升了起来，我站在那里没有动。放在平时的话，这个行为很奇怪，但是对于现在的我来说，这就是正确的行动。拦道杆降下来之后，前进，就是这么回事。幸运的是周围没有人。不会有人怪罪我这个奇怪的举动。

"当当当当——"警报器发出吵闹的响声，拦道杆放了下来。远处的电车正从我右手的方向驶来，我的右脚向前迈了一步，电车越来越近了。手放在拦道杆的下沿，把它抬了起来。没想到很轻松地就抬起了拦道杆。

我正要进入铁轨的时候，裤兜里的手机突然震动了起来。

华子？我的脑海中闪过了不切实际的想法。我把手从拦道杆上移开，掏出了手机。

是妈妈打来的电话。一瞬间，我犹豫了，不知道该不该接。最后再听一次妈妈的声音也行。我按下了通话按键，赶忙跑出了铁道口。

妈妈的声音听起来很悲伤。我问她："怎么了？"

"蒲公英死了。"她说。不知道是不是因为脑子变得奇怪了，我并没有感到很吃惊。"这样啊，蒲公英去天国了啊。"我乐观地这样想道。下定决心去死之后，会觉得周围的事情就都变得无所谓了。悲伤和害怕全都消失得无影无踪了。"这样啊，真是令人悲伤啊。"我回答完，想要挂电话了。

"话说。"妈妈像是想起了什么一样，"小华子去找你了吧？你见到她了吗？我一直想问你来着。"

原来如此，华子调查了我的老家。所以，她才知道了我现在的住址。

"去年夏天，华子来家里找你了。"对于妈妈说的这句话，我感到一头雾水。

去年夏天？大脑混乱了，完全理解不了。为什么？这是怎么回事？

电话的那一头，传来了妈妈反复说着的"喂喂"。声音越来越远。喂，喂，喂……喂……

注意到的时候，我发现自己拿着手机的那只手，在不经意之间垂了下来，呆呆地站在原地。手机又在手上震动了起来，按下通话按键。听见了妈妈的声音。

"喂，喂？能听见吗？"

"啊。"我回答道。

"真是的，都要被你给吓死了，突然间你就不说话了。"

"是我不好。总之，我现在就回去给蒲公英做坟墓，回去再聊。"

我把手机放进了口袋。到底是怎么回事？我没明白妈妈说的话。

急忙回到房间，洗了澡，刮了胡子。就算再怎么失去活下去的精神，头发和指甲还是会长长的，真是不可思议。准备好了之后，再次离开了住处。坐上了回老家的电车。在电车上，我一直在思考着。只是始终解不开谜底，"到底是怎么回事"这样的话一直在大脑中来回打转。

回到老家之后，在院子里给蒲公英做了坟墓。它是老死的，临死的时候，被妈妈抚摸着的它，慢慢地减缓了呼吸，安静地去了。烧了一支香，双手合十。想起在河边和蒲公英偶遇的情景，想起和它一起玩耍的快乐时光，我的眼泪止不住地往下流。

这是我从老家出去之后，第一次回来。什么都没变，白色的小花在院子里盛开，爸爸坐在客厅的沙发上剪着指甲。

进到客厅之后，妈妈为我泡好了茶。我一边喝着茶，一边向妈妈询问我很在意的那件事情。

"你说华子一年前来过，这到底是怎么回事？"

"一年前的夏天，小华子来这里找你了。她说想给你个惊喜，所以我当时就没告诉你这件事情。"妈妈问我"没告诉你，你是不是生我的气了"，我回答了"并没有"。也怪我一直没联系过妈妈。这也是没办法的事情，华子明明在一年前就知道了我的住址，为什么一年后才来见我？

就算她不知道自己什么时候会发病，为什么非得空出一年的间隔呢？"去见巴农"绝对应该是华子想做的事之一，她是有什么理由的吧？

"啊，对了，对了。"说着，妈妈离开客厅去到另一个房间，拿了相册之后又回来了。"那个时候，我给她看了这张照片。她说'可真是令人怀念啊'。对吧？你看。"妈妈打开相册，指着其中的一张照片说。年幼的巴农和米歇尔。好像见过，好像又没见过。但是，确实有种令人怀念的感觉。

"原来如此。"我说。虽然谜题还是没被解开，但是我理解了一个重要的事实。

"她跟我聊了一个小时左右就回去了。话说，后来你见到她了吗？"

"谢谢你打电话给我。隔了这么久，能见到你真的是太好了。虽然我刚刚回来吧，不过我明天就又会回去的。"我没有回答妈妈的提问。

　　　　*

次日上午，我离开老家，返回了自己居住的地方。我先回公寓取了"某个东西"，之后又去了车站。穿过地下通道，来到车站的后面。

进店之后，看到一位贵妇悠闲地坐在角落里，一边读书，一边喝着咖啡。我坐定后，留着精致小胡子的男性店员过来问我点些什么，我要了一杯热咖啡。店内摆着兔子人偶的木雕和一些英文书。过了一

会儿，男性店员端来了咖啡。"不好意思。"我向他搭话道。店员以
为我还要再点些什么，从口袋里取出了小本子和笔。

"华子今天来上班吗？"我问。

精致小胡子店员的脸上，像是堆满了问号。

"华子今天休息？"我又追问道。

店员歪着脑袋。

"这里没有叫 kako[1] 的店员。"他看起来有些不高兴。

"啊，是我失礼了。"我向他道歉。

"那，还有。"说着，我从口袋里取出了"那个东西"。

"她，是在你们这里打工吧？"我问。法国料理店拍的合影。

小胡子店员"啊"了一声，抓了抓头发。"她已经不干了，大约
是三周前吧。""冲着她来的男客人，后来也都没再来了。这生意可
真是不好做了啊。"通过这句话，我知道了小胡子店员其实是这家店
的经营者。

"她这么受欢迎啊？"

"那是当然，毕竟长得那么漂亮，客人自然也喜欢她。啊，莫非，
你也是？"

他看我的眼神，像是在说"不知道从哪里又冒出来一个小傻子"。

"不是。我第一次来这里。"

"那，你是？"小胡子老板一脸诧异地说。

"我被她骗了啊。"

1　"华子"名字的日语发音是"kako"。

"被骗了？骗婚吗？"小胡子老板不怀好意地笑了。

"嗯，就是这么回事。所以我才在调查她。"

＊

黄昏的加油站并不繁忙。我目视站长，对于自己给他添了麻烦的行为，深深地鞠了一躬。站长说了一句"哦，冈部，你来了啊"之后，立刻示意让我进了事务所。站长坐在椅子上，点了根烟。他说："怎么样？什么时候能回来上班？"他那像渔民一样晒黑了的脸上，满是憨厚的笑容。

我对他说的话很是惊讶。

"我无故缺勤的行为，真的可以被原谅吗？"

"啊，过去的事就让它过去吧。"站长吐着烟圈。

"嗯。我明天就可以出勤。"我话音刚落，站长就笑着露出了黄色的牙齿，"拜托你了啊。"紧接着，他又说："现在，真的是人手不够。"

"真是对不起。"我又道了一次歉。

"不，这不能只怪你。"

"此话怎讲？"

"毕竟，你还不知道呢啊。"

"啊？不知道什么事？"我歪着脑袋说。

"胜矢辞职了，自从你不来了以后。我以为你知道呢。"我来这里，其实也是为了见胜矢。脑海中的谜团再次浮现，又理解了一个事实。

"他为什么辞职啊？"

"好像说是要回老家。希望他一切还都好啊。"

"这样啊……"

"我真的很喜欢你和他搭档的这个组合啊。虽然那家伙看起来跟个大哥似的，总爱耍威风。"站长一脸落寞地说。

"话说，你为什么要对他用敬语啊？明明你比他还大一岁。"

"他是前辈，又是这里的社员。"站长听了，笑着说，"你也太老实了吧。"

"从明天开始，还请多多关照。之前真的是对不起。"说完，我离开了事务所。

在我的心里，已经搞清楚了几个事实。但是，这些事实目前还连不到一起。不过，我确定了"这种事"是胜矢干的。

*

我拨打了华子的手机号，果然立刻又听到了语音信箱的提示音。我没有挂电话，而是在语音信箱留了言。握着手机，走在自己住的街道，一边望着和华子一起去过的杂货店和超市，一边走着。手机响了。按下通话按键，听筒对面传来了男人的声音。

"怎么了？"男人说，"我在语音信箱的留言里，听到了熟悉的声音。"

"从那以后，我想了很多，但是始终没能得出答案。所以想和你谈谈。电话里说不清楚，能见面和你聊聊吗？"他很快就接受了我的这个提议。

我们约好一小时后，在我住处附近的公园见面。就是华子行踪不明时，我发现她的那个公园。我提前到了公园，等胜矢过来。在夕阳的照射下，公园里游乐器械的影子伸向东方，浮在天上的鳞状云，被染成了粉红色，美丽的秋色天空。

刚好过了一个小时的时候，胜矢出现了。

"哟。"他抬起一只手打招呼道。还是穿着平时那件连体工作服。我低头说道："你好。"

"看起来精神恢复得不错啊。"

"算不上有精神，只不过是因为知道了一些事情罢了。"

"这样啊。"

胜矢坐在了长椅上。华子之前坐的也是那个长椅。

"喝点儿什么吗？"我指了指附近的自动贩卖机。胜矢答了一声"啊"。我买了两罐咖啡回来，黑咖啡和昂列咖啡。

我问他："你喝哪个？"他说"我不喜欢甜的"，选了黑咖啡。

胜矢拉开拉环，把咖啡罐送到了嘴边。

"怎么了啊？"胜矢说。

"不是。我想了很多，有明白了的地方，也有还没明白的。想让侦探胜矢帮帮我。"我笑着说。"好啊。"胜矢也笑道。

"首先，为什么，你要对我说谎？"

"什么事啊？"胜矢装作不知道的样子。

"为什么，你要骗我说你见过华子的弟弟？"我说。胜矢沉默了。

"刚才，我去了加油站，对我的无故缺勤，向站长道了歉。站长说胜矢也辞职了，说你辞职的时间，恰好就是我开始缺勤的那天。然而，胜矢你却说昨天在加油站见到了华子的弟弟。为什么，为什么你要撒这种谎？"

胜矢没有说话，看着我，像是在想些什么。

"还有，在我的房间和我一起生活的，那个假借华子之名的女性，到底是谁？"我发现胜矢一边的眉毛微微地抖动了。

"为什么胜矢拿着她的手机？"观察着胜矢的表情，我继续说，"那个女人不是华子。昨天，我后来其实回了一趟老家，看到了小时候的我和华子的合照。照片上那位少女的脸，和与我一起生活的自称是华子的那位女性的脸，完全不一样。"

"那是因为，长大了自然就和小时候的长相不一样了啊。"胜矢用鼻子发出了笑声。

"也是。而且，就像胜矢说的，现如今这个时代，整形也不是什么难事。所以，我有一瞬间也是那么想的，但是，和别人相比，她的不同，是有一个起决定性作用的特征的。"

"起决定性作用的特征？"胜矢说。

"是的。瞳孔。照片里华子眼睛的颜色是纯黑，但是，和我一起生活的那个'华子'却说，她的眼睛天生就是茶色。"

"哼。"胜矢笑了，他说，"也有可能只是碰巧把眼睛照成了黑色的吧？"

"你要是这样说的话，也就没有必要再谈论眼睛的颜色了。"我深深地吸了一口气，然后静静地说，"和我一起生活的那位女性，是在车站后面的咖啡馆打工的吧？我问过那里的店长了，他说她的名字不是华子。"

胜矢眉头紧锁，脸色很难看。

"她是用'Aoyama Tomomi'这个名字在打工的。她到底是谁？"

说到这里，胜矢"呼"地叹了一口气，举起了双手。

"我认输。我全都说。"我看到了胜矢的大白牙。

"谢谢。"我强颜欢笑地说。

*

"我的名字是胜矢俊介。"

胜矢像是对初次见面的人做自我介绍一样，很有礼貌地说。

"我知道的。"事到如今，还在用自我介绍的口吻开玩笑。我感到了一丝不安。但是，胜矢接下来说的话，就像是电流穿过我的脑袋一样。

"我是胜矢华子的弟弟。"

心跳加快。

他这句突如其来的话，把我的大脑搞得如乱麻一般。不过，我感觉自己的思路，就像是液体时钟里分散的油一样，虽然一开始还全都粘连在一起，但是慢慢地逐渐各自成型。

"胜矢华子是我的姐姐，姐姐患上了难疾，一种奇怪的病，发病之前，能够和普通人一样地生活。但是，一旦病情发作，她身体的感觉就会丧失，无法走路了。不只是不能发声说话，就连自力呼吸也都做不到了，等待她的只有死亡。"胜矢向我说明了我曾听过的那个可怕的怪病。

朱砂色的夕阳，染红了胜矢高挺的鼻梁。

"那位胜矢华子小姐——小时候和我一起玩耍的她，现在在哪里？"

"哪，我可全都说了啊。从头开始。"胜矢喝了一口咖啡。

我紧紧地握住了昂列咖啡，并没有把它打开。咖啡罐的温度和触感，让我确信了我还在这里。

"姐姐，一直很想见你。她害怕不知道哪一天自己突然就动不了了，以某件事情为契机，开始了寻找你的旅程。"

"某件事情？"我咽了一口唾沫。

"契机就是叫作蒲公英的那只狗。她好像是在电视上看到了蒲公英，还有她以前住过的街道的风景。"以前，和我在河边玩耍的华子，看到了在新闻节目里出现的蒲公英。我无言地点了点头。

"但是，姐姐没能见到你。"

我的心跳变得更加快了。

"她去了你的老家，问出了你现在的住址。但是，没能见到你。"

"没能见到……"

"发生了很多事情。"

"什么叫'发生了很多事情'？"

突然，胜矢的脸上露出了痛苦的表情。胜矢把"很多事情"的详细内容告诉给了我。

"发生了很多事情，她之后突然就发病了。没过多久，她就变得无法说话，也不能走路了。又过了一段时间，她便去世了。"

去世了。这几个字重重地回响在我的大脑，我想立刻逃走。为了能够控制住弱小的自己，我使劲地踩着地面，用力地握着咖啡罐。我的心很痛。

我没能见到真正的华子，在和我相见之前，华子去世了。我真是太没用了，没能实现约定。罪恶感充斥着我的内心，胸中的苦闷也随之加剧。

"是呀。我想到了你会是这样的表情。"胜矢盯着我，说道，"那，我把从开始到结束的内容，都说给你听吧。"

喝了一口咖啡，胜矢再次开口。

"你还记得我和你初次见面的情形吗？"

"我记得。"那个时候，如果没有被胜矢帮助，我恐怕早就站在法庭上了。这不是夸张，他不在场的话，我绝对会蒙冤被捕的。"当然，我现在也很感激你。"声音颤抖着。

胜矢"哈哈"地大笑了起来。

"感谢我？真的谢谢你啊，冈部。"

"怎么了吗？"

我理解不了胜矢为什么笑。

"因为那是我策划的啊，整个过程都是。"

"啊？"我细声惊叹道，立刻觉得后背的汗毛竖了起来。

"我读了姐姐的日记，知道了你的住所，也知道了姐姐想见的男人。之后，我就搬到了你住的这个街道，观察你的生活和习惯。你几点起床，几点出家门，几点坐上电车，几点回家，有什么样的朋友，是否有交往的女朋友，我全都查了。"

"怎么会，你……"胜矢滔滔不绝说的这些话，我还无法马上相信。

"之后，我想到了接近你的方法，而且还是让你一直对我感恩的方法。"

"骗人的吧……"

"是真的。那时，在满员电车里抓住你的胳膊，把你往电车外面拉的女人和男人，都是我安排好的。有了恩情，就好办事了。"

我吓得感觉自己的腰都快要断了。拼命地忍住了。

"你听说过'互惠原理'吗？它说的是，一个人只要受到过帮助，那么他一定会想尽办法去回报的这种心理。我之前帮助过他们，所以他们很爽快地答应了我的要求。你也是如此。"

我再次陷入了沉默。

"我计算了很多，为的是能让你上钩。"

"计算？"

"你知道'卡利古拉效应'吗？"

我摇了摇头。

"人是一种越被禁止越想反抗的生物。而且，如果给禁止加上了'绝对'的话，效果就会更加明显。"

我想起了一件事。那位自称华子的女性首次来到我家的时候，次日，胜矢突然在学校的图书馆现身了。

"是的。和你在图书馆说话的时候，我说过让你'绝对不要接近她'的吧？我正是出于这种目的。"胜矢笑着说。"后来，我说'和右撇子的人搭话的时候，从右侧接近他'什么的，也是因为你是右撇子。"我想起来了，华子，不，是和"Aoyama Tomomi"开始同居的那天晚上，她也是坐在我的右侧，和我说想住在我这里的。看来这也是胜矢的指示吧。

"为什么你要做这些事……"我感觉自己的心脏被紧紧地攥住了。我把他当作朋友，他却欺骗着接近了我，感觉像是做了一个噩梦，虽然很普通，不过如果是梦的话，我希望能快些醒来。

"为什么做这些事？为了让你想起姐姐，让你遵守和她的约定。为了能够实现姐姐所有的心愿。"

感觉喘不上气，呼吸的节奏全乱了。

"对了，'Aoyama Tomomi'是我的女朋友。她当然没死，也没得病。"

我没有说话，只是把视线对着他。

"和你一起生活的那个姑娘，是我现在的女朋友。当然，她和姐姐的关系也很好。我拜托她把你迷住，没想到她果真让你迷得神魂颠倒的，她可真是立了大功了。"

　　"让自己的女朋友，做这种事……"

　　"不，倒不如说，她就是姐姐啊。"

　　耳鸣，想吐，他的话太可怕了。察觉到的时候，本应该握在手里咖啡罐，已经掉在了地上。我没有捡起它的力气了。

　　"她第一次去你的公寓的那天，正好是姐姐知道你住所的一年以后。"

　　全都是被他策划好的。那样愉快的生活，还有她说过的话，她流过的泪。我"扑通"一声，跪在了地上。

　　"晚上睡觉前，她是不是都会用手机？那是她在给我发邮件。我们偶尔见面，平时用邮件联系。我告诉她，如果你对她做出什么奇怪的举动，让她马上联系我。"胜矢从口袋里取出了手机，是她用的那个手机。"这个手机也是我给她的。"

　　我知道了，她能安心地住在我家，原来是因为她随时都可以求助。

　　"去看过星星了吧？那天，我也是一开始就打算把车借给你的。你给租车行打电话，借不到车的事，也是她告诉我的。所以我才去了你家里，为了让你们知道要去看星星。给挂历动了手脚的，也是我。为了能让你休息。啊，对了，把姐姐的行李搬进你屋里的，也是我。"

　　他让自己的女朋友假借姐姐的名字，让她以姐姐的身份的生活。他把姐姐投影到女朋友的身上，让女朋友代替姐姐实现未完成的愿望。也许，他通过这种行为获得了满足感，也许，他真的把自己的女朋友当成了姐姐。想起了胜矢在咖啡馆前眺望她的情形。

　　恐怖伴着震惊，连槽牙都咬不到一起了。

"为什么她始终不开行李箱的锁，想必你已经知道了吧？"胜矢追问道。

我把视线移向了地面，一动不动。

"她拿的驾驶证、保险证、身份证上的名字，并不是华子。我不想让这些暴露在你的面前。所以，可以知道'Aoyama Tomomi'身份的所有证件，都被统一锁在了行李箱里。当然，开锁密码也是我想的，最后也是我解开的。"听到了他"咯咯咯"的笑声。

想了很多。为了见我四处寻找，但最后却没能见到的真正的华子。从一年前开始，为了能让华子不留遗憾，接近我并实施了计划的深爱着姐姐的胜矢。被男朋友拜托，和我一起生活的"Aoyama Tomomi"，全都连上了。

想起了真正的华子。

"对不起。"我在心里向她道歉。

我没能去见你，真是抱歉。你应该很不容易吧。把自己非常宝贵的时间，用在了找我这件事上。抱着蒲公英的女孩的样子，浮现在了我的脑海，泪珠接连不断地掉在了地面。

接着又想到了胜矢。他真的是很爱自己的姐姐。找到忘记了与姐姐有约的若无其事地活着的男子之后，应该很恨他才对吧。为了达成目的，甚至不惜利用自己的女朋友。他应该非常恨我吧？我没有恨胜矢的资格。倒不如说，我应该向他道歉才对。

最后想起了"Aoyama Tomomi"。和她一起生活的那些日子，真的很幸福。我想，她也爱着胜矢和华子吧，所以，她才会流了那么多次眼泪。由于完全进入了华子这一角色，她应该会经常想起华子。作为华子活着的时间里，华子肯定也是在的。每当那个时候，她就想到华子，流泪不止的吧。在电影院里她瞳孔的血丝，星空下的眼泪，旅行地的眼泪，公园的眼泪，想起了很多场景下她流过的眼泪。她也应该一样恨我吧。

想到他们三人，我觉得发生在自己身上的事情，就是报应。

"真的对不起。"

我跪在地上，把手掌和额头贴在了地面。我不知道胜矢是什么样的表情，只是，我觉得自己现在应该做的事情，就是道歉。我忘记了约定，这是无法逃避的事实。向华子还有深爱着她的胜矢和"Aoyama Tomomi"谢罪。

"已经够了。"胜矢说。我没有抬头，又说了一遍"真的对不起"。胜矢语气强硬地说："已经够了。"

我站了起来，拍了拍膝盖上的沙子，看着胜矢。胜矢的眼睛里闪烁着泪光，在沉默的空气里，胜矢开口了。

"希望你永远也不会忘记，有一个女孩在她临死之前都想遵守约定，希望能够见你一面。让你有如此痛苦的回忆，一方面是因为我憎恶忘记约定的你，另一方面，我也想让你有一段无法忘记的记忆。"

我点了点头。就像胜矢说的，我不会忘记的，我不会忘记冒着缩短自己生命的危险，也要找到我的那个姑娘。多久都不会忘的。

"对没能帮助姐姐实现约定的我自己的赎罪。也有这样的意思。"

"对自己的赎罪？"

"啊。"

胜矢没再继续说了。

胜矢对此似乎不愿多谈，可能与他刚才提到的"很多的事情"还有和"对自己的赎罪"有关吧。我没有再继续追问。

"真的对不起。"我又道了一次歉。

"昨天，让你看的那个日记，是姐姐亲手写的。姐姐自己写下了'去爱很多的人，被很多的人爱，要比现在更幸福'这句话。我想帮她实现这个愿望。当然，与你相见、看电影、看星星的这些愿望，我也都想帮她实现。"

我深深地点头，感受到了胜矢的心痛。此时，又有一个疑问浮现了出来。

"在电视上看到蒲公英这件事，也写在日记里了吗？"

"啊，写了。"

"这样的话。"

胜矢盖过了我的声音。

"是的，那个日记我也动过手脚。只是随便看看的你，应该没看出来吧？在电视上看到蒲公英那天以后的日记，我全都撕了。为了不让你发现那是一年之前的事情。不过，只有几页而已。"

"我没看出来。"

"对吧。我故意关注最后一页，也是为让你能看到那里的内容。""几页"还有"命运"这个丑陋的词汇，一起牢牢地黏在了我的脑海里。华子在电视上看到蒲公英之后，马上就动身开始寻找我的下落。问到了我的住址，不过，她后来就再也没能写日记了。

"到最后，'Tomomi'应该也没告诉你她为什么知道你的住址。理由是一样的。"

"原来是这样。"我想起来了，之前去旅行的时候，在能看到夕阳的温泉里，我问过她这件事。她当时说的是"因为相信，所以发生了奇迹。喜鹊来接我了"。这句话实在是太美了，我便没再继续追问。现在我懂了。"Aoyama Tomomi"把华子在早间新闻节目中看到的蒲公英，说成了喜鹊。真正的喜鹊到底在哪里呢？是胜矢，也是"Aoyama Tomomi"吧。

穿着学生制服、绑着双马尾的女孩和肤色黝黑的背着运动包的男孩，手牵着手从公园穿过。

"你喜欢'Tomomi'吗？"胜矢问。已经数不清这是第几次被胜矢问这个问题了，当然，他用"Tomomi"这个名字问我，还是第一次。

"喜欢过。"

虽然她的男朋友就在我的面前，我还是诚实地回答了。

"爱过。"

胜矢笑着露出了大白牙，还是那样好看。

"那，好了。"

胜矢闭上眼睛，点了点头。

"失去喜欢的人的痛苦，也让你品尝到了。够了。这就够了。"

一瞬间，和她在一起的幸福时光在大脑中复苏了。

"胜矢，你爱'Aoyama Tomomi'吗？"

胜矢把笑容收敛了一些，没有做出回答。

之后，我突然想起了胜矢以前说过的话。是在我问他"爱到底是什么"的时候，他的回答。

——"对方想要做的事情，无论如何也要帮她实现。我觉得这种心情就是爱吧。"

"胜矢，你是在试探'Aoyama Tomomi'吗？"

公园里一片沉寂，听见了不知道从哪个学校传来的铃声。

"谁知道呢。"

说着，胜矢站了起来，向着公园的入口走去。中途，他停了下来，背对着我。说道：

"我告诉过那个家伙，做这些事情的目的，是让你回想起和姐姐的约定，让你'品尝到失去喜欢的人的痛苦'。她最初还干劲十足，但是中途却跟我说她不想干了。"

胜矢抬头望着天空，天上星星还没有出来，但是他仰望着的样子，仿佛天上已经挂满了星星。

胜矢又迈开了步伐。我不知道他的脸上是怎样的表情。

看着胜矢渐行渐远的背影，我觉得自己应该不会再和他见面了。

"如果一直下雨的话，也就不会迷恋蓝天了。"

我呆呆地站在空无一人的公园里。

重新找回了孤独。

看着西边被夕阳染红的天空，穿着粉色浴衣的"Aoyama Tomomi"

的身影，突然浮现在了我的眼前。

美丽的茶色瞳孔，温柔的笑脸。

"通过五感记住的，大体上都是痛苦的回忆。"我自言自语道。

カササギの計略

店里的客人，只剩最后进来的我们了。一口气吃完了马切莱奥比萨的俊介，满足地揉着肚子。我也吃完了最后一块玛格丽特比萨。

喝着橙汁，稍微休息了一下，到款台准备结账。厨房里的夫妇，正在以不可思议的表情互相对峙着。

"不好意思。"试着搭话道。男人注意到了我，向款台走了过来。

"抱歉，抱歉，稍微出了点儿麻烦。"

"怎么了吗？"我问。

"没事，送货的人给搞错了，窑炉里的柴不够用，恐怕赶不上晚上的营业时间了，所以，今天晚上看来就只能暂时歇业了。唉，明明已经有团体客人预约了的。"他说。男人胡乱地把在头后绑着的一头烫发给松开了。

"没有卖柴火的地方吗？"

"有倒是有卖的。只是，量恐怕不够，而且坐电车也到不了能买的地方。"男人皱着眉头说道。

"车子也倒是有。不过运气不好，轮胎爆了。"

"这样啊。"我也皱起了眉头。

"有备胎吗？"

俊介从我的旁边伸出了脸，说道。

"啊？"我和男人都看向了俊介。

"有的话，我来给你换。"俊介竖起了大拇指。

男人仍旧是一脸的阴郁。

"谢谢，备胎有倒是有，不过没有工具。"

"有千斤顶和内六角扳手的话，应该就没问题了。"

"不是，就是因为没有这些工具，我才觉得犯难啊。"

"我车上有。"

俊介从自己的车上拿了工具，出现在了男人停着车的月租停车场里。之后，用了不到五分钟的时间，他就换好了备胎。"好了，这样就没问题了。"俊介用手套擦拭着额头上的汗珠，"不过，备胎可不能长时间使用，这几天抽时间赶紧送去修吧。"

对于比他年长的人，这个孩子为什么会露出一副觉得自己很了不起的样子呢？我虽然这样想着，但是他的确又很靠谱，所以这次我就没有责怪他了。

"真的是太感谢了。"男人握着俊介的手说。戴着时髦眼镜的女人也深深地向俊介鞠了一躬。

"彼此彼此，也谢谢你们。真的很好吃。"我回礼道。

"再来啊。"男人露出了笑脸。

"一定会再来的。"俊介说道。我也以笑脸相回应。

和他们二人就此作别。真是不可思议的邂逅。

回到俊介把车停在的那个投币停车场。只是走了几步而已，汗粒就已经漂浮附着在了身上。黑色两厢轿车正在吸收着太阳光，可以简单地猜到车内的温度。

"车里，应该很烫的吧！"我懒散地说道。

"你可真够烦的啊！"俊介把工具放进后备厢，说道，"先别坐上去啊。"他启动了车子的引擎，把驾驶席以外的窗户全都打开了。

"你在干什么啊？"我问。俊介说了句"没什么"，"嘭"的一声关上了驾驶席的门，之后马上又打开，来来回回重复了好几次。

"喂，你在干什么呢？是不是脑子有问题了？"

"好，已经差不多了。"重复了几次之后，说着，俊介就钻进了车里，我也坐上了副驾驶席。没有想象的那么热，我大吃一惊。

"哇，太厉害了！"

"厉害吧？"俊介抹了一下鼻子，"女人基本上都会是这种反应。"

*

我睁开了眼睛，意识到自己坐在俊介开的车子的副驾驶。车子好像已经下了高速公路，行驶在夜晚的国道。回去的路上，我拿小智美和他开玩笑，一边听以前流行的音乐，一边聊着小时候的故事，享受着兜风的过程。不知道是在什么时候，被睡魔侵袭了的我，进入了梦乡。

我梦见了自己的小时候。我和巴农在河边立下了约定。再会的约定，一起去看星星的约定。

"喂，你没事吧？"我睁开蒙眬的睡眼，发现是俊介在旁边说话。我拼命地从半睡半醒的状态中清醒了过来，给他回了一个笑脸。

我低声唱起了在梦里听到的，巴农哼唱着的那首《七夕之歌》。

"真是令人怀念啊，这首歌。"

"七夕之歌。"

"今年的七夕好像也是阴天啊，不知道织女和牛郎能不能相见。"

"能见到的，一定。"

"如果真是这样的话，那就太好了啊。"

"和我的约定，也能实现吗？"

"啊？"

视线回到了前挡风玻璃。

"我可是守约了啊。"俊介说。

我才发现，今天一整天俊介都没有抽烟。想起了昨天俊介说过的"我会认真的"。

"我说，俊介。"

"什么啊。"

"我，很幸福呢。"

"怎么了啊，突然说这种话。"

"能够被生下来，就已经是奇迹了。我还能被自己特别喜欢的人们包围着，所以真的很幸福。"

"你在说什么啊？"

"爸爸和妈妈，就拜托你了。"

"别乱说这种不吉利的话。"

"如果，如果我死了，我还是会非常非常喜欢爸爸、妈妈还有你的。"

俊介盯着前方的路，没有说话。车子行驶在乡间路上。

"人死了之后，会变成什么呢？"我嘟哝道。

"什么如果死了的话，死了以后的话，你能不能别再说这种不吉利的话了啊。"

"但是，人终归会有一死吧。我、俊介，还有爸爸妈妈，都不知道哪一天会死去。"

俊介沉默了。

"会不会转世重生呀？或者是变成星星？"

"谁知道呢。"

"如果转世重生的话，我会去找你的。"

"那真是太谢谢了。"

"如果变成了星星的话，我会一直守护着你的。所以，你可不能做坏事哦，因为会被我立刻发现的。"

"那以后做坏事的话，我就选在白天好了。"

"不行。虽然白天看不到星星，但是它们就在那里，在你不知道的地方盯着你。你可要小心呀。"

"好，好。"俊介揉着鼻子说。

"谢谢啦。"

"什么啊，突然又这么正式。"

"没什么。"我笑着说，"就算是现在，我也对你满怀感激。"

"好恶心啊。"

"能做俊介的姐姐，真是太好了。"

心情很平静，我被满满地爱着，好幸福，还想活下去。我想活着，想疯狂地笑，也想放肆地哭。我从包里取出日记本，翻到了最后一页。用钢笔写下了文字，这是我活着的目标。好好地去爱在我身边爱着我的人，让他们看到我更加幸福的样子，我要一直活下去。

"你这次又写了什么？"

"秘密。"

"什么啊。"俊介笑了，我也笑了。

我把日记放回了包里，重新将视线移回了前挡风玻璃。

全部，都只发生在一瞬间。

视线移回前挡风玻璃的那一瞬间，前方十米左右，一个从左向右移动的白色物体，闯进了我的眼帘。

我大声地叫了起来。俊介顺势猛打方向盘。

我才发现，从车子前面勉强挤过去的白色物体，是一只小猫。

猛打方向盘的行为，让车子迷失了前进的方向。轮胎在柏油路上疯狂地摩擦，传来了如野兽悲鸣一般的可怕的声音。

车体剧烈地摇摆着。

车子冲上了人行道，重重地撞在了电线杆上。

伴随着"咣当"一声巨响，前挡风玻璃被撞得粉碎，四周冒起了滚滚浓烟，我的意识开始变得模糊。全部都只发生在一瞬间。

Aoyama Tomomi

这两个月，我的精神状态变得更差了。一定是这样没错。精神科的医生说了，我的病"可能是分离性障碍的一种，症状还没有那么严重，不用吃药，也不用住院，先观察一段时间再说"。不过，我不这样认为。

一开始，我并不抵抗欺骗冈部君这件事。毕竟，他忘记了和华子姐姐的约定。见到他的时候，没多想，我就痛快地给了他一记耳光，心里暗骂道："你知道华子姐姐有多想见你吗？"

我知道，华子姐姐非常疼爱我。在俊介不在的地方与我见面，一起喝茶，一起吃午饭，一起看电影，还一起在拍过的照片上写下了"姐妹"的字样。我没有兄弟姐妹，华子姐姐待我如亲妹妹一般，我真的很开心。

我最喜欢的华子姐姐，就这样死去了。

俊介哭了很久。他把自己关在房间，任凭谁叫都不出来。我担心俊介是否就会这样一蹶不振，但是在某天，他带着一副雾散天晴的表情，出现在了我的面前。

"我想欺骗一个男人，为了姐姐，你能帮我吗？"他对我说了他的计划，我赞成了，因为我太喜欢华子姐姐了，也因为这是我喜欢的俊介，他拜托我的事情。我撒了谎，轻易地改变了自己的人格，忍受着和不喜欢的男人一起生活。

但是，我从来没有感受到俊介对我的爱，从华子姐姐的身体还健康的时候开始，一直都是。这比什么都让我感到痛苦。和俊介一起吃饭的时候，开车兜风的时候，还有睡觉前，无论什么时候，俊介都只是在说华子姐姐的事，而且他看起来很是乐在其中。不管离他有多近，我总是被寂寥感包裹着。某天，我发现了，俊介满心只想实现姐姐的心愿，他也不那么爱我，我甚至没有听他说过一句"我爱你"。

俊介向我说出这个计划的时候，我更加确信了。把自己的女朋友送到陌生男人的家里，让女朋友和陌生男人共同生活多日，这不是寻常之事，何况，他说了要我必须完全进入华子姐姐的角色。他说，目的是让那个男人"品尝到失去喜欢的人的痛苦"。可是，这两者之间有什么关联吗？从我用的洗发水、护发素等日用品，到我的打工，都是他指定的。和华子姐姐生前用的品牌相同的洗发水、护发素。打工的地点虽然不同，但是做的工作也是华子姐姐以前做过的咖啡店。如果冈部君住的那条街道，是华子姐姐以前打过工的地方的话，想必他也一定会让我去相同的咖啡店面试。穿衣打扮，甚至连头发的颜色，都要和华子姐姐一样。还有，华子姐姐在日记里写下的，她生前未完成的"死之前想要做的事"，他说了让我代替华子姐姐完成。看星星、看电影的指示也是他下达的，俊介说"不做那些事情的话，这个计划也就没有意义了"。

"不是这样的吧？"我在心里想道。他只是想通过我，感受死去了的华子姐姐吧。我爱他，所以我能看出来。伤心欲绝，心如刀绞，辗转无眠。但是，我也喜欢华子姐姐，所以，即便知道了他的心思，我果然还是喜欢俊介。

因此，在我决定要帮助俊介完成这个计划时，我察觉到这样的自己也是不寻常的。

不过，只有一点，我没有改变眼睛的颜色。俊介准备好了黑色的隐形眼镜，但是我拒绝了这个要求。这是我对俊介做的小小的反抗，我不知道他是否能感受到这微弱的信号。

与冈部君相见，开始扮演华子姐姐之后，我变得开始分辨不出自己是谁了。是华子姐姐，还是青山智美[1]？又或者是完全不认识的另外的人？我偶尔会觉得自己在俯视青山智美的身体，觉得她完全是另外一个人，被这种奇怪的感觉侵袭着。

然而，让我感到吃惊的是，我因为不被俊介所爱，内心抱有的悲伤与痛苦，在和冈部君一同生活的过程中，得到了缓解。而且，随着和冈部君相处时间的增加，在不经意之间，我渐渐忘记了因不被俊介所爱而感到的痛苦。我觉得，这是因为在和冈部君一同度过的时光里，他能一直关心我，一直对我温柔以待。冈部君总是很在意我，我真的

1　前文出现的"小智美""Aoyama Tomomi""Tomomi"都指的是"青山智美"。作者在此处第一次使用了汉字的"青山智美"。

觉得那些日子过得很幸福。

和冈部君一起生活，我才知道了被男性爱着，原来是这样的感觉。和冈部君在一起，心里会很温暖，觉得很舒服。

与此同时，我更加分辨不出自己是谁了。我觉得冈部君所注视的，是以前和他一起在河边玩耍的，不惜一切代价找他的，名叫华子的那个女孩，并不是青山智美。

那么，我到底在哪里？我变得找不到我自己了。

随着日月的流逝，我喜欢上了冈部君。越喜欢冈部君，我就越觉得自己被另一种悲伤和痛苦折磨着。我好不容易被人爱上了，但是这份爱情不会有幸福的结局。为什么？因为我不得不从他的面前消失。

我有想过把所有的事都告诉给冈部君，向他交代所有，道歉，想让他爱青山智美。但是，如果冈部君知道了那些事，一定会对我大失所望的吧，他也不会喜欢上名叫青山智美的我吧。冈部君温柔相待的，终究是胜矢华子。

"为什么偏偏是我要遇到这种事呢？"想了很多很多以后，我深深地陷入了悲伤，在不经意之间流下了眼泪。

我对俊介说："我受不了了，我不想再做这种事了。"但是，俊介说："不可以。必须要让他对你迷恋得更深才行。还不够，还不够。"

我无法忍受自己继续说谎并欺骗冈部君的行为了。从冈部君的面前，还有俊介的面前，我逃走了。

想到此生应该不会再见到他们了，我的心里突然又是一阵寂寥。

十三

カササギの計略

　　我散步在以前住过的公寓后面的河畔。按理说还没到开花时期，但是今年却很罕见地，染井吉野和八重樱居然同时满开了。这样的景色真的是不可多得。

　　去年的春天，我没有来这里。因为那时看到春色，我还是会觉得心情沉重。赶在去年夏日来临之前，想要从什么之中逃出来的我，下定决心搬了家。自那以后，春天再一次到访之际，我的心情变得轻快了一些。不可思议地，我有了想来这里看看的念头。

　　天气很好，阳光温暖着樱花的隧道。我坐在河畔的木制长椅上，想起了那时和她说过的话。

　　坐下来聊聊吧，我有重要的话……

　　"樱花也和七夕很像呢。"她说。

　　"是因为每年只能看到一次吗？"

"是的。毕竟，就算再怎么努力，不等到明年春天的话，也是看不到的吧。"

"那静候明年春天的到来就好了。明年再一起看吧。"

"一起看，是不能保证的吧。"

"这……"

"但是，如果——"

她的脸出现在了我的眼前，茶色的瞳孔里，噙着泪水，哭中带笑地看着我。

"如果你真的爱我，奇迹发生了的话，说不定也是能看到。总有一天……"

过了一会儿，我站了起来，像那个时候一样，朝着小河的下游走去。走了一段距离之后，我注意到好像有一位我似曾相识的女性，正走在对岸的河畔。定睛注视，没错，她没有注意到我。我奋力地蹬着地面，跑到了水泥桥，过桥追赶上了她。

"好久不见。"看到我出现在她的面前，她一脸吃惊地停下了脚步。是贝比女士，推着婴儿车的贝比女士，她没有围围巾，婴儿车遮阳棚的里面，有一个小婴儿，圆圆的眼睛望着我的脸。

"这是您的孩子呀。"

"今年一月出生的，我已经是两个孩子的妈妈了。"贝比女士看起来很开心。

"真是可爱呀。"

"是个男孩。"贝比女士的笑容更加灿烂了，她看起来非常幸福。

我试着逗婴儿车里的婴儿，对他噘着嘴唇，鼓着脸颊，但是他并没有笑。贝比女士露出自己的脸，对着婴儿微笑，婴儿也跟着笑了起来。果然母爱的力量是伟大的啊。"话说，那对母子，之后怎么样了？你又去见了他们吧？"我向她询问了自己一直很在意的这个问题。蹲在便利店对面的公寓房门前的那个男孩和他的母亲。

因为已经是很久之前的事了，我以为自己表达得不是很清楚，不过，贝比女士"啊"了一声，看起来像是立刻就知道了我在说什么，深深地点了点头。

"后来，我又去见那对母子了。我把自己是推着放有人偶的婴儿车走路的女人、为什么要那样做、自己的孩子胎死腹中时的悲伤、我当时在想些什么、她的孩子对我倾诉的自己不想离开妈妈的话，全都说了。当然，我也说了知道她一个人带孩子不容易，我还告诉她我是她的伙伴，所以，有任何困难的话，不要一个人烦恼，可以找我倾诉。"

"那她是什么反应呢？"

"那个时候，她什么话也没说。不过，她看起来像是在思考着些什么。几天后，我在那栋公寓的附近，看见了正手拉手散着步的那对母子，男孩的脸上洋溢着幸福的笑容。看到这个情景，我也觉得安心了。后来，又过了一阵子，那对母子好像搬去别的地方住了。祈祷现在他们在别的地方也能过得幸福。"

"他们今天也手拉手散步了吧。天气这么好。"

"是的呢。"

"刚才，我和你的女朋友也说这件事来着。"贝比对我露出了笑容。

"女朋友？"

"嗯。之前见面的时候，和你在一起的那位穿着白色连衣裙的姑娘，说是和你走散了。你是不是听她说了，所以才又跑过来追上了我的呀？"

"啊。"我惊呆了。

"她，她在哪里？"

"我刚才和她在对面的长椅那里聊天来着。"

贝比女士指着河流下游的方向。

"谢谢您！"我说了句"下次见"，就朝着下游飞奔而去了。

让人觉得失去活着的意义的事情，谁都会遇到。但是，只要还活着，就一定可以找到活着的意义的。哪怕需要为此花上很多年，它也一定会以某种形式到来。一定会，就像四季的轮回一样。

我奋力地奔跑在粉红色的隧道里。柔和的春风轻轻拂过，樱色的花瓣缓缓落下。面对着面前这般梦幻的景色，我甚至开始怀疑自己会不会是在做梦。

同时绽放的染井吉野和八重樱，已是奇迹。这条樱花隧道的尽头在哪里？我只是突然觉得它好长好长。

KASASAGI NO KEIRYAKU
by
Copyright © RAKU SAIBA
Original Japanese edition published by Takarajimasha, Inc.
Simplified Chinese translation rights arranged with Takarajimasha, Inc.
Through AMANN CO., LTD.
Simplified Chinese translation rights © 2021 by Power TIME COMPANY.

图书在版编目（CIP）数据

喜鹊的计谋 /（日）才羽乐著；周庠宇译. -- 北京：
台海出版社，2021.6
ISBN 978-7-5168-2941-7

Ⅰ.①喜… Ⅱ.①才… ②周… Ⅲ.①长篇小说 - 日
本 - 现代 Ⅳ.① I313.45

中国版本图书馆 CIP 数据核字 (2021) 第 059791 号

版权合同登记号　图字：01-2021-1503

喜鹊的计谋

著　者：[日]才羽乐		译　者：周庠宇	

出 版 人：蔡　旭　　　　　　　　　封面设计：MF 谜梦
责任编辑：员晓博

出版发行：台海出版社
地　　址：北京市东城区景山东街 20 号　　邮政编码：100009
电　　话：010-64041652（发行、邮购）
传　　真：010-84045799（总编室）
网　　址：www.taimeng.org.cn/thcbs/default.htm
E－mail：thcbs@126.com

经　　销：全国各地新华书店
印　　刷：北京盛通印刷股份有限公司
本书如有破损、缺页、装订错误，请与本社联系调换

开　　本：880 毫米 ×1230 毫米　　　1/32
字　　数：195 千字　　　　　　　　印　　张：8.75
版　　次：2021 年 6 月第 1 版　　　印　　次：2021 年 6 月第 1 次印刷
书　　号：ISBN 978-7-5168-2941-7

定　　价：42.00 元